「心配をしなくとも、
俺は幽霊なんかに負けませんし、
これは俺が直接出向く必要があります」
「と
たら駄目ッ！
ロートは私のものなんですから、
常に傍にいないと駄目なんですッ！」

「ま、まさか、この状態で進むとは……」

暗闇の中。クレル様がやや震えた声で呟いた。

間近で聞こえた彼女の声には動揺と羞恥、
そして微かに喜びも感じられる。

俗に言う、お姫様抱っこだった。

第三皇女の万能執事2

怖がりで可愛い主のために
お化けだって退治します

安居院 晃

HJ文庫
1148

口絵・本文イラスト　ゆさの

✦ ✦ ✦

CONTENTS

✦ ✦ ✦

The Third Princess's
Almighty Butler

Presented by Kou Agui & Yusano

プロローグ

Prologue

「クレル様は今一度、ご自身が常識では推し量ることのできないポンコツだと認識するべきだと思います」

空の頂に昇った太陽の暖かな光が差し込む、屋敷の食堂にて。俺は割れた食器の破片を摘まみ上げながら、眼前の車椅子に座った少女――最愛の主人であるクレル＝カレアロンド第三皇女殿下に言った。

「自覚が薄れているのかもしれませんが、貴女は俺が傍にいなければ何もできないのです。悪気など一切なく様々なことをやらかす、天然のポンコツ姫です。立てば転倒、座れば椅子ごと転倒、道を歩けば数歩足らずで大転倒。貴女を見れば、道化師ですらびっくり仰天することでしょう。自分の道化は偽りでしかないと、絶望と失意に帽子を地面に時速百マイルで叩きつけるくらい、貴女は格が違います。やべぇです」

「あの、流石に言い過ぎでは……」

「全く言い過ぎではないかと」

小さな声で否定したクレル様の言葉を否定し、俺は視線を下に向け……床に散乱した食器や花瓶を視界に映した。

毎日曇り一つないほど綺麗に、且つ丹念に磨き上げているそれらは無残にも砕かれ、無数の破片としてあちこちに飛び散っている。幸いなことにフォークやスプーンは無事なようだが、八割ほどはゴミと化していた。もはや、食器の殺害現場と言ってもいい。全身バラバラの、かなり惨い殺され方だ。

悲惨な姿で飛散している可哀そうな食器たちを丁寧に拾い上げながら、俺はクレル様を見上げて彼女に告げる。

「仮に言い過ぎならば、こんな凄惨な食器殺害事件は起こっていないでしょうね」

「か、返す言葉もないです……」

力ない声で言い、クレル様は肩を落として俯いた。

当然のことながら、クレル様が故意に食器を割り砕いたわけではないことは俺も理解している。彼女はとても心優しく、俺に迷惑をかけることを進んでやることはない。俺に迷惑をかける時は、決まって故意ではなく過失だ。

茶目っ気たっぷりに悪戯をするクレル様も最高に可愛いとは思うが、彼女の性格を考えればあり得ないことだ。一度くらい見てみたい気持ちはあるけれど。物凄く。

故意ではないのならば、どうしてこんなことになってしまったのか。今後同じような失敗を繰り返さないためにも、その理由を聞く必要がある。

俺はクレル様と同じ高さで視線を合わせ、彼女に問うた。

「何をしていたらこんなことに？　本気で怒っているわけではないので、素直に吐いてください。楽になれますよ」

「まるで尋問みたいな言いかたですね……訓練をしていたんです」

「訓練？　一体何の？」

ピンと来ずに首を傾げると、クレル様は頷き説明した。

「この前の事件の時……走れないことでロートに凄く迷惑をかけてしまったので」

「……理解しました」

拾い集めた食器の破片を新聞紙の上に置き、俺は納得して頷いた。

今からおよそ、二週間前。皇都ミフラスで起きた事件解決の際、敵の魔法によって身体の調子を狂わされた俺が、クレル様を抱えて街中を走ることがあったのだ。俺としては特に不満を持ったわけでもなく、寧ろ普段以上にクレル様と密着できたので個人的には大満足だったのだが……どうやら、彼女は迷惑をかけてしまったと思っているらしい。

なるほど、これは恋だな。

あまりにも健気で愛おしいクレル様に胸が高鳴り、思わずガッツポーズしたくなる気持ちを抑える。同時に、今すぐにその細い肢体を抱きしめ、柔らかな唇にキスをし、全力で頭を撫でて慰めてあげたい衝動に駆られるが、今はあくまでも説教をする時。流石に今、彼女に対する愛を吐露するわけにはいかない。

自分の手の甲を全力で抓り耐えた俺は、小さく息を整えた後、クレル様に微笑みを向けながら告げた。

「好きです」

「何の脈絡で告白をッ⁉」

驚きながら頬を赤らめるクレル様を見て、俺は我に返った。

やべ。自制できたと思っていたのに、気持ちが零れてしまった。やはり、溢れ出る愛情を止めることは難しいらしい。心の底から、愛してる。

胸中で五十回ほど好きと言った後、俺は『失礼しました』とクレル様に謝り、続けた。

「つまりクレル様は……前回の事件で俺の足を引っ張ってしまったことを反省し、日頃から歩く努力をしようと思ったわけですね。それで案の定、躓いた時にテーブルクロスを掴んでしまい、その上にあったものを床にぶちまけたと」

「よくそこまでわかりましたね……その通りです」

推察を肯定したクレル様の言葉に、俺は一度顎に手をやった。

そういった事情であれば、頭ごなしに叱るわけにはいかない。この惨状はクレル様が成長しようとした証であり、彼女の努力を否定するのは愚策だ。寧ろ、結果はどうあれ、努力した姿を称賛するべき。子供は叱るよりも褒めて伸ばしたほうが良いというので、ここはそれに倣うとしよう。

俺は俯くクレル様の右手を、そっと握った。

「クレル様、貴女の努力は素晴らしいことです。成長しようと一生懸命頑張る姿はとても素敵で、褒め称えられるべきことでしょう」

「……」

「ですが」

片手でクレル様の頬に触れ、続ける。

「今回は、貴女が怪我をしてしまうかもしれませんでした。クレル様は俺にとって、自分の命など比較にならないほど大切な存在です。そんな貴女に、俺の見ていないところで万が一のことがあったら……そう考えると、とても不安になります」

「ロート……」

頬に触れている俺の手に自分のそれを重ね、クレル様は視線を下に向け、謝罪の言葉を口にした。

「ごめんなさい。一人で、危ないことをしてしまって」

「はい、反省するべきところは反省しましょう。見えない努力は美徳ですが、今後は俺の見ているところで努力してください。俺が傍にいれば万が一も起こりませんから……」

そこで一度言葉を切り、俺はクレル様と視線を交錯させ、言った。

「存分に無能を晒してください」

「最後の一言で全部台無しですよッ!!」

クレル様の叫びが食堂内に木霊した。

おかしな部分は一切ないはずだ。俺はただ、ありのままの事実を口にしているだけ。

クレル様は無能でポンコツだが、そんな部分すらも愛おしいと思えるほど、俺の心を掴んで離さない御方だ。優しさだけが愛ではない。時には鞭も必要である。だからこそ、俺は直接言葉にして自覚を促しているのである。

不満を全面に押し出しながら『ロートの悪いところはそういうところですよ！』と小言を連発させるクレル様に『貴女を愛しているからこそです』とカウンターをお見舞いして赤面させる。と、そんな和やかな時間が流れていた時。

「何？　またやらかしたの？」

食堂の入口から呆れたような声が聞こえ、俺とクレル様は同時にそちらへと顔を向けた。

そこにいたのは、肩口で切り揃えられた茶色の髪が特徴的な女性。メイド服に身を包んだ彼女は、声や口調と同じく呆れを含んだ視線でこちらを見ていた。

彼女の名前はエルネ＝オリウデル。二週間前に皇都ミフラスで起きた大虐殺未遂事件――通称、傀儡の復讐劇事件の首謀者である。

法院によって死刑判決を受けたのだが、俺の策略により、今はここでクレル様に仕えるメイドとして暮らしている。不遜な態度が目につくが、それは彼女の個性なので何も言うまい。ただムカつくので、紅茶一杯分くらいの給料を日給から引いておこう。

俺は片手を腰に当て、エルネに言葉を返す。

「失礼なことを言うな、エルネ。これはクレル様が努力された証だぞ。子供は褒めて伸ばせと聞いたことがないのか？」

「皇女殿下は子供じゃないでしょ……」

「手のかかりようは子供以上だ」

「さらっと酷いことを言わないでくれませんか？」

「事実ですので」

不服そうに腕を叩いてくる（可愛すぎ）クレル様を無視し、俺はエルネに尋ねた。

「ところで……お前は何をやってるんだ？　今は三人に料理の特訓をしているはずだろう」

クレル様に仕える三人のメイドの顔を思い浮かべる。この時間、俺はエルネに彼女たちへの料理特訓を課し、今はその最中のはず。なのに、彼女はどうしてここにいるのか。

その理由を尋ねた直後、エルネはゲンナリと肩を落とし、乾いた笑みを浮かべた。

「今は休憩中よ。休憩しないと……本当にやっていられないの。ストレスで精神がおかしくなるのも時間の問題かも」

「ここまで共感できるものはないくらい、お前の気持ちはよくわかる」

予想通り、相当苦労しているらしい。

俺も経験があるのでわかるが、あの三人に料理を教えるのはもはや不可能なのではとすら思えてくる。何度教えても進歩せず、挙句の果てには免許皆伝と言って投げ出すくらいには心が折れるのだ。俺に不可能なことがあったのだと、本気で凹むほどには精神を磨り減らしたことをよく覚えている。クレル様の慰めの言葉が本当に、心に沁みた。

今のエルネを見る限り、良い結果は出ていないようだ。そういえば、先日は鍋が融解しなくなったことを喜んでいたな。料理を教えている者の台詞とは思えない。改めてうちのメイドたち、やばすぎる。採用ミスったか？

「あの、大丈夫ですか？　エルネさん」

流石に心配になったらしく、クレル様はエルネに声をかけた。絶望も絶望、精神を磨り減らしている従者を見れば心配になるのは当然か。

クレル様の問いかけに、エルネは微笑を浮かべて『大丈夫です、皇女殿下』と返した。

「お気遣い感謝いたします。ですが、私は文句を言える立場ではないので」

「でも……本当に辛い時は言ってくださいね？　ロートですら匙を投げたくらいですから、エルネさんでは精神が壊れてしまうかもしれません」

「今更ながら、とんでもない料理教室ですよね……」

言いながらエルネは無理矢理笑おうとするが、笑えなかったのだろう。頬を引き攣らせるだけに終わった——と。

「お～い、エルネ！　そろそろ再開しようぜ～」

地獄からの呼び声が廊下から聞こえ、エルネは深い溜め息を吐きながら、凭れ掛かっていた壁から身体を離した。無理矢理死地へと繰り出される兵士は、きっとあんな表情をするのだろう。憂鬱なんてものではない。表情には、決して軽くない絶望が含まれていた。

絶望の料理教室。

俺は頭の中でそんな言葉を思い浮かべながら、フラフラと覚束ない足取りで食堂を後にするエルネの背中に声をかけた。

「今日は早めに休め。明日に響く」

「……了解。侍従長」

こちらを振り返ることなく親指を立てて見せたエルネは悪魔……もとい、教え子たちが待つキッチンへと消えていった。多分、死地へと赴く者を見送るのは、こういう気持ちなのだろう。控えめに言って、いい気分ではない。エルネが向かったのはキッチンだが……彼女にとっては死地、もしくは処刑場と同じだろうな。

俺と同じ方向を見つめていたクレル様がしみじみと呟く。

「大変、みたいですね」

「一応事件を起こしたことへの罰も兼ねていますからね。大変なら、罰として成立しているので良いのではないでしょうか」

エルネの罪は、皇都ミフラスの民を皆殺しにしようとしたこと。そして、クレル様を毒物で暗殺しようとしたことの二つだ。どちらも一発死刑になる重罪。その償いがメイドたちへの料理教室を開くことと聞けば、大半の者が『は？』という反応をするだろう。だが、今のエルネの様子を見る限り決して軽い罰だとは思わない。寧ろ、かなり重いとすら思う。なぜなら、エルネが精神を磨り減らしている現状でもまだ、序の口に過ぎないから。

鍋が融解しなくなったからと言って喜んではいけない。うちのメイドたちは包丁を細切れにし、壁を黒い炭に変貌させるのだから。軽く見積もっても残り二百回は心が折れるはずだ。最終的に『もう殺して！　こんな苦痛はもう嫌なのッ！』とエルネが俺やクレル様に懇願して来てもおかしくないと思っている。そこまで行けば罰は終了。流石に助け舟は出してやろう。俺も鬼ではないからな。

まぁ、それはさておき——。

「クレル様。この後少し、お時間をいただくことはできますか？」

「時間ですか？　構いませんけど……何かあったのですか？」

首を傾けて問い返すクレル様に、俺は頷く。

「はい。実は、黒目安箱の中に厄介な内容の手紙が入っておりまして……クレル様の知恵をお貸しいただければと。俺ではどうも、答えることは難しかったので」

「？　ロートで答えることができないものを、私が？」

「実際に手紙を見ていただいたほうが早いですので、行きましょう」

益々首を傾げることになったクレル様の背後に回った俺は、車椅子の手押しハンドルを握り、それをゆっくり押しながら食堂を出た。

第一章 世の中には、嫌でもやらなくてはならない仕事がごまんと存在する

「珍しいですね。ロートが回答に窮するなんて」

屋敷の書斎、黒いテーブルの傍に移動したクレル様は心底意外そうに言った。

確かに、俺が黒目安箱の回答に悩むことはかなり珍しいだろう。これまでに三回ほどあったかどうか。ただ、人間は全知ではない。時には頭を悩ますこともあるのだ。

俺は黒目安箱の近くに並べてあった二通の手紙を手に取った。

「残念ながら、俺は全知全能の神ではありません。他の者たちと同様に、時には答えを見つけられずに頭を悩ませます。流石にクレル様ほどではありませんがね」

「私を引き合いに出さないでくださいよ……でも、こんなことは今までほとんどなかったじゃないですか。凄く意外です」

「見えないように計らっているだけです。愛する主人に不甲斐ない姿を見せるわけにはいきませんからね。現に、毎日クレル様のポンコツを直す方法を考えていますが、妙案が浮かばずに頭を抱えています。流石の俺も、無自覚で面倒ごとを起こす人を正常に戻す手段

を知らないので」

「私は別に正常で――やめてください。そんな『え、本気で言ってるんですか？』みたいな顔をしないでくださいッ！」

「大丈夫。俺は壊れたクレル様も愛せますので」

「そういう問題じゃないですッ！」

　俺の腕を何度も叩き、クレル様は抗議する。この行動は流石に可愛いが過ぎるのではないかと思ったが、口には出さず心の奥底に仕舞う。このままでは、ずっとこんなやりとりを続けることになってしまいそうだ。それはそれで素晴らしいと思うが、そろそろ本題に入ろう。

　開封した二通の手紙の内の一通を、クレル様に手渡した。

「まずは、こちらからご確認ください。どうも、異性である俺には不向きな内容でして」

「異性？」

「はい。まぁ、読んでいただければわかります」

　口で説明するよりも早いし、理解できるはずだ。

　俺に促されたクレル様は受け取った手紙を丁寧に開き、紙面に書かれている文に視線を滑らせた。

――誰にも打ち明けることができずに悩んでいたので、相談させてください。小さい頃から一緒にいる親友を好きになってしまいました。私も相手も同じ女性です。親友は同性愛者ではないので、恋が成就するとは思っていません。しかし、自覚してからは日に日に気持ちが大きくなる一方です。私は一体どうしたらいいですか？　素直に気持ちを打ち明けてもいいと思いますか？　嫌われたくないので、このまま自分の中で隠し続けるべきでしょうか？

「これは……」

手紙を読み終えたクレル様はこめかみに手を当て、悩まし気に呟いた。

「難しすぎる相談ですね。ロートが答えられない理由がわかりました」

「女性同士の恋は流石に専門外ですので。同性であるクレル様ならば、何か良い回答が思いつくのではないかと期待しているのですが……如何でしょう？」

「う～ん……私も同性に恋をしたことはないので、どうにも」

腕を組み、クレル様は俺に尋ねた。

「まず、法律的に同性の恋愛って認められていましたっけ？」

「問題ありません。半年前の法案で、同性愛者の権利が保障されましたから」

多様性を尊重するべきであるという若年層からの訴えが反映された形になる。これまで異端とされてきた者たちの権利が保障され、これ自体は好意的に受け止めるべきだろう。

当然、問題は残されているが。

「ただ、世間の風当たりは未だに強い。多様性は尊重されるべきと言われていますが、浸透しているとは言い難いですね。お国の年老いた議員や役人の中にも、前時代に取り残された者たちが大勢います。年老いた権力者の頭は石のように固いですから」

若い者たちの意見を頑なに受け入れようとしない大馬鹿者共は大勢いる。無視できればいいのだが、そいつらが権力を持っているから非常に厄介。そういう連中を引き摺り下ろすためには、やはりクーデターなどしか方法はないのかと思ってしまう。俺たちは表向き、そういったことには干渉できないことになっているので、未来を担う当事者たちに頑張ってもらうしかないが。

「相手の女性は異性愛者の方でしたよね。気持ちを伝えられたら……どういう気持ちになるんでしょう」

「クレル様がその立場でしたら、どういうお気持ちに？」

自分がその立場になって考えてみると、色々と見えてくるかもしれない。

そう考えて聞いてみたのだが……クレル様は顎に手を当て、首を横に振った。

「自分でもよくわからないですね。経験がないことですし……私にはもう、ロートという男性がいますから……ぁ」

無意識の内に零れていた言葉だったらしく、クレル様は慌てて口元に手を当てた。次いで、徐々に恥ずかしそうに頬を赤く染めていき、チラっと俺に視線を向けてくる。

それに、俺は微笑みを返した。別に、聞かれてまずいことでもないだろう。寧ろ、俺としては聞くことができてとても嬉しい。無意識ということは、それは本心ということ。俺がクレル様を愛しているように、彼女も俺のことを想ってくれている証拠だ。

俺は胸に満ちる幸福感を堪能しつつ、彼女に言う。

「少し、酷な質問でしたね」

「いえ、その……ごめんなさい」

「何を謝る必要が？　クレル様のほうからそういうお言葉を聞くことができ、俺は大変喜ばしいです。できれば、もう少し一日当たりの回数を増やしていただけると嬉しいですが。俺には一日に摂取しなければならないクレル様からの愛というものがありますので。現時点では四千ラブくらい不足しています」

「そんな単位は聞いたことないです」

「奇遇ですね、俺もです。で、どう回答されますか？」

改めて問うと、クレル様は『んー……』と首を傾け、数秒の間を空けた後、言った。

「相談者のことを考えるなら、打ち明けたほうがいいでしょうね」

「よろしいので？」

「選択肢はそれしかありませんよ」

手紙に視線を移し、彼女は続ける。

「この相談者は、きっと私たちが想像する以上に悩み、苦しんでいると思います。胸の内に気持ちを秘めておくのは、とっても辛いことでしょう。そのままの状態で内なる気持ちが大きくなり続けるのであれば、いっそ伝えて楽になったほうがいい。仲が拗れるかもしれないとか、今までの関係が変わってしまうとか、そういう不安はあるでしょうけど、一つの恋が終わるのだと割り切るべきです」

最後に、俺と視線を交錯させたクレル様はこう言った。

「何事も終わりがなければ、次に進むことはできませんからね」

「そういう言葉がクレル様の口から出ることに、俺は驚きを隠せません」

「失礼ですね⁉　私、今結構いいこと言ったと思うんですけど！」

「だからこそです」

一体どこでそんな言葉を学んできたのか。俺の中にある頭の中が花畑で満たされているクレル様は何処へ？　知的なクレル様も素敵だとは思うけれど。

とにかく、記すべき回答は出た。俺は早速万年筆を手に取り、返信用の紙に文字を書き記していく。気持ちを打ち明けたほうがいいこと、次に進む気持ちを持つことが大切であること、きっと親友は今まで通りに接してくれるだろうということ。最後の言葉はあくまでも希望ではあるが、長年親友として付き添ってくれた相手ならば、嫌いになることはないだろう。それは、一番傍にいたであろう相談者が一番わかっていることだ。その辺りを疎かにしないようにしなくては。

相談者に勇気を持ってもらうことも、大切な仕事だからな。

「でも、ちょっと憧れちゃいますね」

「は――ッ⁉」

クレル様が何気なく呟いた言葉に、俺は万年筆を動かす手を止めた。

憧れ、る？

驚愕と戦慄の表情でクレル様を見つめ、まさか、という気持ちで問うた。

「……女性同士で恋がしてみたい、と？」

「違います！　そこじゃなくて……相手が気持ちに応えてくれるかわからない、初々しい恋のことです」

　クレル様は頬杖をつき、羨むような表情を作った。

「その人のことで頭がいっぱいになって、気持ちは伝えたいけど断られたらどうしよう。嫌われたくない。そんな考えに踏み留まって、このまま一方通行でもいいんじゃないかって弱気になる。そんな甘酸っぱい恋は、女の子なら夢見るものですよ」

「……俺には、あまり理解できないことですね」

「男の人は、そうかもしれませんね。ロートは……私に初めて好きと伝える時、不安に思ったりはしなかったのですか？」

「全く」

　即答すると、クレル様はその回答が意外だったのか、瞬きを数回繰り返した。

「す、凄い自信ですね……」

「自信があったというよりも、俺は過去に失敗した経験がありましたから。自分の気持ちを包み隠す愚かさを、誰よりも知っています」

「いや、それでも、想いを伝えるのって凄く勇気がいることではないですか？」

「必死になれば、臆する気持ちは自然と消えるものです。絶対に逃がさないという意気込みを持てばいい。俺の場合はそうでしたし……」

当時、俺がクレル様と出会って間もない頃の記憶を掘り起こし、その時から思っていたことを口にした。

「クレル様は凄まじくチョロい人ですから。貴女如きを落とすなんて造作もないと思っていました」

「とんでもなく失礼なことを言っている自覚あります？」

「勿論」

「だったら自重してくださいよッ!!」

「善処いたします」

いつも通り軽くあしらい、当時、初めて告白をした時のクレル様を思い出す。俺の情熱的な愛の言葉を聞いた彼女は顔を真っ赤にして号泣しながら何度も頷いていたな。あれが人から受けた初めての好意と愛情だったのだから、そんな反応をするのも頷ける。

いや、あの時のクレル様は別格で可愛く、愛おしかった。生まれて初めて庇護欲に駆られたのは、あの瞬間だったな。俺は彼女に仕えるために生まれてきたんだと、本気で思ったくらいだ。

頬がにやけそうになるのを堪えつつ、俺は紙面に万年筆を走らせる。

「何にせよ、告白する時は弱気になってはいけません。負けると思って戦いを挑む戦士がいないように、必ず成功すると強気になるべきです。覚悟とか言葉を準備する必要はない。その時になれば、自然と出てくるものですからね。それはたとえ、同性が相手であっても」

「……無事に伝えられることを祈りましょうか」

「きっと大丈夫ですよ。相当大きな気持ちを持っているようですから」

回答を記した手紙を折り畳み、封筒に入れてテーブルの上に置く。好きという気持ちが大きければ大きいほど、言葉にも行動にも出るものだ。想いはしっかりと、相手に伝わることだろう。

机上の手紙に視線を移し、クレル様は言った。

「私たちには願うことしかできませんが……良い結果になるといいですね」

「そうですね。ただ、好きな人と一緒にいるのは何もいいことばかりじゃない。現に、俺は常にクレル様のことで頭がいっぱいになってしまい、貴女から目を離すことができなくなってしまいました」

「フフ、それも含めて恋というもので――」

「目を離すと何をやらかすか、わかったものではありませんから」

「なんですぐに雰囲気を壊しちゃうんですかッ!!」

「事実ですので」

現に、先ほどのようなことがあった。このままだと一瞬目を離した隙に屋敷が大火災、なんて事態になりかねない。常にクレル様のことを考え、動向を注視しなくては。

不服であり不満であることを前面に押し出しているクレル様を宥め、俺はもう一枚の手紙を彼女に手渡した。

「どうぞ。恐らく、クレル様としてはこちらのほうが厄介に感じると思います」

「？　さっきみたいな手紙ではないのですか？」

「これも、見たほうが早いですよ」

「？」

首を傾げながらも、クレル様は受け取った手紙を広げる。そして、その文面をじっくりと読み——直後、風雨に晒された捨て犬のような、悲しみと不安でいっぱいの表情で俺を見つめ、縋るような声を上げた。

「………捨てないでください」

「まだ何も言っていませんし、俺が貴女を見限ることはあり得ませんよ」

突拍子もないことを言い始めたクレル様にそう返すと、彼女は椅子から立ち上がり、ゆらゆらと身体を揺らしながらこちらに近付き、俺の服を掴んだ。

「い、言わなくてもわかります！　これ、ロートは私を置いて一人で行ってしまう内容じゃないですかッ！　私と過ごした日々は全部遊びだったんですか！」

「なんで痴情のもつれに発展しているんですか。そういう内容じゃないでしょう」

「行かないでくださいぃぃぃぃぃぃぃぃぃっ」

玩具を買ってもらえなかった子供のように、クレル様は俺の服を掴み半泣きになりながら、必死に訴えた。正直、面倒くさい。可愛いことに変わりはないのだけれど、今はやや鬱陶しいという気持ちのほうが強かった。五歳児ですか、貴女は。

「全く……」

溜め息交じりに呟き、俺は肩を落とした。だから言いたくなかったんだよなぁ……想定はしていたけれど、まさかここまで取り乱して駄々を捏ねるとは。少しは皇女としてとか、大人としてのプライドが働き『私は一人で留守番できますから！』くらいのことは言ってくると思ったのだが、予想は大きく外れたらしい。

さぁて、ここからどうやって説得をするべきか。

縋りつくクレル様の頭を撫でつつ、俺は机に放置された依頼の手紙に、改めて目を通した。

——エーベル修道院で修道女をしている、キアナ＝エンベライトと申します。最近、私の周囲で心霊現象が頻発していて困っています。変な音が鳴ったり、突然視界の端が光ったり……怖くて眠れない日々が続いている状態です。相談しても信じて貰えず、とても困っています。どうか、解決にご助力いただけないでしょうか？

目を通し終えた俺は、かなり強めに俺の服にしがみついているクレル様の肩に触れた。

「クレル様の幽霊嫌いは尋常ではないですからね」

「……人は理解できないものに恐怖を覚えるらしいので、これは正常な反応なはずです」

「どこで身につけたんですか、その知識」

言いつつ、良い説得方法が思いつかずに天井を見上げた。

本当は伝えたくなかったのだ。話せば絶対に引き留められるし、色々と支障が出ることは明白だったから。しかし、そういうわけにもいかない。クレル様が俺の主人である以上、報告は義務。依頼の解決は公務だが、一人で外出する際には許可が必要。主人に報告もなく、無断で向かうのはご法度だ。

無理難題に近いが、説得しなければ行くことができない。何とかせねば。

その思いで、俺は天井からクレル様に視線を戻す。

「クレル様。今回の相談は、俺が直接出向く必要がある事案だと思います。過去には魔法で生み出した幽霊による殺害事件が起きたこともありますから。理解してください」

「嫌です！　そんな危険な場所にロートを行かせるわけにはいきません！　ロートが幽霊に取り憑かれてしまいます！　おへそ取られてもいいんですか⁉」

「それは雷様です」

ツッコミを入れつつ、駄々っ子モードに移行したクレル様への説得を続けた。

「妙な心配をしなくとも、俺は幽霊なんかに負けませんし、へそも取られなければ食べられたりもしません。俺の戦闘能力はクレル様が一番理解しているでしょう」

「ま、万が一があるかもしれません。幽霊に魔法が通じないかもしれませんし、憑依されて身体が壊れるまで筋トレをさせられてしまう可能性だってあります！」

「どんな幽霊ですか」

「とにかく駄目ったら駄目ッ！　ロートは私のものなんですから、常に傍にいないと駄目なんですッ！」

「頑固な……」

想定を遥かに超える我儘具合。忘れていたが、クレル様は結構な頑固だったな。絶対に譲れないものがある場合、こんな感じで頑なに拒否し続ける。言い方はかなり幼稚だが、これはかなり手ごわい。

俺の背中に腕を回し、彼女は力強く俺を抱きしめる。まるで何処にも行かせないと言っているかのように。そういう思いはとても嬉しいのだが、今は喜んでいる場合ではない。

仕方ない。このカードは切りたくなかったが、贅沢を言っていられる状況ではなくなった。ここは、切り札を使うとしよう。

小さな咳払いを数回繰り返し、俺はクレル様の耳元で囁いた。

「……どうやら、俺は信用されていないようですね」

「え」

俺の悲しみを含ませた声――勿論、演技だ――を聞き、クレル様は一瞬肩を震わせた。

それを作戦が有効である証拠と見なし、続ける。

「貴女と出会ってから今日まで、文字通り人生の全てを捧げて貴女にお仕えしてきたつもりでしたが……申し訳ございません。信頼を得ることができたと、思い上がっておりました」

「い、いや、そんなことは――」

「数年という年月がありながら、愛する主人からの信頼も得られない俺が誰かの力になれるわけがない。なるほど、確かにクレル様の言う通りなのでしょうね。この相談者に手を差し伸べてあげたかったのですが……無力な俺が手を差し伸べたところで、何の解決にもならないでしょう」

心底傷つき、自信を喪失した雰囲気を醸し出しつつ、俺はクレル様の腕を解いてテーブルへと歩み寄る。そして、相談の手紙を手に取り――それを、破り捨てた。

「あ――」

「この相談は見送ることにします。今の俺に必要なことは、クレル様の信頼を得ることですから。こんなことに割く時間は――クレル様？」

部屋の扉へと足先を向けた時、背後からクレル様が抱き着いてきた。ぎゅっと俺の背中から前へと腕を回し、ぐりぐりと顔を押し当てているのがわかる。

一体どうしたのか。そう尋ねる前に、クレル様が声を震わせた。

「我儘が、過ぎました。私は、ちゃんとロートのことを、誰よりも信頼していますから……そんなこと言わないでください」

「では……相談者の下へ行く許可を？」

「うぅ……い、致し方ないですけど」

「ありがとうございます。では、早速明日にでも向かうことにしましょう」

「ちょ――ッ」

許可も出たので演技をやめ、俺は懐から取り出した手帳にスケジュールを書き込む。と、そこでクレル様はまたもや俺の優秀な演技に騙されたことを悟り、ポカポカとコミカルな音が出そうな力で俺の背中を叩いた。

「また騙したんですか！」

「騙されるほうにも問題があるかと。クレル様があまりにもチョロいので、根本的に悪いのはそこです。いい加減学んでくださいチョロ姫様」

「変な名前を付けないでください！　もう……ロートの弱っている姿は心に来るんですよ」

「申し訳ございません。ですが、あのままではクレル様が延々と駄々を捏ね続けたと思いまして。とても可愛らしくはありましたが、困りました。なので、お互い様かと」

「それは……何も言い返せませんね……うぅ、不安です」

俺の背中に顔を押し当て、クレル様は不安を吐露する。どうしても、心は晴れないらしい。それだけ俺のことを大事に思っているということなので、それ自体はプラスに考えるべきだろう。ただ、できることならクレル様には、晴れやかな気持ちで見送ってほしい。

クレル様の腕から抜け、俺は彼女の小指と自分のそれを絡めた。

「大丈夫です、クレル様。俺は必ず無事で帰ってきますから、信じて待っていてください」

「……できるだけ、早く帰ってきてください」

「お約束します。言ってしまえば、修道院に行き、相談者である修道女の問題を解決するだけですからね。事が終わり次第、貴女の下へと戻ってきますよ」

クレル様の不安は理解できる。俺も、愛する人が一人で遠くへ行ってしまうとなれば、多少なりとも引き留めたい気持ちが生まれる。だが、時には我慢し、信じることも大切だ。常に傍にいてほしいというクレル様の気持ちは理解できるし、俺もできれば彼女の傍に居続けたい。けれど、俺にも仕事としてやることがある以上、それはできないのだ。勿論、俺がいない間はメイドたちに厳重に警備させるので安全は保障する。短い間なので、何とか耐え忍んでほしい。

俺の説得と約束を受けたクレル様は暫く沈黙していたが、やがて顔を上げて俺と数秒間見つめ合った後、ゆっくりと首を縦に振る——直前。

「私も一緒に行きますッ！」

大きな声でクレル様がそう言い、俺は思わず目を丸くした。いや、前回の事件も一緒だったので、今回も連れていくことは考えたが……まさか、彼女のほうから言い出すとは。

「えー……本当に行くんですか？」

驚きつつ、今一度確認する。

「行きます！」

「今回はちょっと遠いですよ？」

「行きます！」

「幽霊が出るかもしれませんし、夜の建物を歩くことになりますよ？」

「…………行きます」

ちょっとトーンが下がった。最後の言葉を聞いて意志が揺らぎかけたが、どうやら持ち直したようだ。決意は固いらしい。

一体何が、そこまで彼女を決心させたのか。数日とはいえ、俺と離れることに不安があるのはわかる。ただ、どうもそれだけが理由ではないような気がした。

「どういう風の吹き回しですか？　知っての通り、今回は心霊現象が多発している、暗所に行くのです。クレル様が大の苦手としている所へ、貴女自ら同行を申し出るなんて……明日の天気は塩ですか？」

「天気に塩なんてものはないと思いますけど……えっと」

若干言葉を詰まらせたクレル様は両手の人差し指を突き合わせ、やがて気まずそうに視線を逸らしながら言った。

「さっき気づいたんですけど……修道院には、たくさんの女性がいますよね？」

「女性……修道女がいますが――あぁ、なるほど」

クレル様が突然同行すると言い出した理由を悟り、俺は苦笑した。

「前回と全く同じ理由ですか」

「だ、だって！　女性が大勢いるところにロートを一人で行かせたら……もれなく全員を恋に落としてきます！　清廉な修道女たちの頭を煩悩塗れにしてしまいます！」

「俺は病原菌か何かですか。流石に言いがかりが過ぎると思います」

「言いがかりじゃないです！」

「はぁ……」

今日のクレル様はいつも以上に頑固だな。

溜め息を吐きながらそんなことを考え、俺はすぐに言い返す。

「万が一そうなったとして、俺がクレル様以外に目移りすると思いますか？　他の女性からの誘惑に、俺が屈すると？」

「いえ、それはあり得ないことでしょうけど……」

「なら、過剰に心配しないでください。俺は永遠に貴女のものであり、貴女への愛が途切れることはありませんから」

俺の胸の内で燃え続けるクレル様への愛は、一生消えることはない。愛おしいと思う気持ちは日を重ねるごとに大きくなり続けている。浮つく気など微塵もないのだ。たとえ今後、どれだけ美しいと称される女性から誘惑を受けても、気持ちが揺らぐことはあり得ない。

と、何度も懇切丁寧に説明しているのだが……どうやら、そういうことではないらしく、クレル様は首を左右に振った。

「私はロートの気持ちは信じていますし、貴方の気持ちが私から離れてしまうことを心配しているわけではありません」

「では、何故？」

「それは……その、あの……」

言い淀んだクレル様は視線を泳がせ……やがて、俺の袖を指先で摘まみ、顔を逸らしながら小さな声で言った。

「私以外が貴方を好きになるのは……い、嫌なんです」

その瞬間。俺の心には落雷が直撃したような衝撃が走った。鼓動の速度は加速し、瞳孔は限界まで開かれ、肉体を構成する細胞の一つ一つがあまりにも愛おしい主人への愛を叫び始めた。

え？　俺のことを殺す気ですか？　もじもじと自分の発言に照れているクレル様は、それだけで俺の命を奪う破壊力があった。可愛すぎて死んだ後も告白を続けてしまいそうだ。いや、続ける。何としてでも。命が終わっても彼女への愛は終わらない。終わらせない。頼むから誰か、この愛らしすぎる姫君の姿を永久保存してほしい。

眼前の少女に対する愛を堰き止める堤防は決壊し、そんな願望が芽を出してしまった。同時に、語彙力が尋常ではない速度で消滅していく。好き、大好き、マジ好き、超好き。そんな頭の悪い愛情表現の言葉しか出てこない。最高。

「あの、ロート？」

「安静にしていてください、クレル様。お腹の子に響きます」

「何を言っているんですか⁉」

クレル様の大きな声に、俺は我に返った。

危ない。あと少しで細胞の叫びに耐え切れずに絶命するところだった。主に対する愛を叫びながら絶命するのは本望だが、それは今ではない。まだクレル様との間でやり残したことがたくさんある。死ぬのは、それらを全てやり切った後で。

軽く頭を振って思考を戻し、俺はクレル様に頭を下げた。

「失礼しました。そして、ありがとうございます。命拾いしました」

「危ないところでしたが、何とか帰ってくることができました」

額の汗を拭う仕草をし、脱線した話を戻した。

「とにかく、クレル様も同行することについて、了解しました。予定を少し変更し、明後日の昼頃、修道院のほうへ向かうとしましょう」

「わ、わかりました……けど」

「？　何か問題が？」

歯切れの悪い返事に問うと、クレル様はその理由を告げた。

「その、良いのでしょうか？　私たちはこれから、皇国の悪い上層部に立ち向かうというのに……いつも通りに、依頼をしていて」

「無論、そちらも裏で進めていますのでご安心ください。それに、黒目安箱の解決を疎かにすることはできません。こちらも、立派な公務ですので」

黒目安箱が全く機能しなくなったら、それこそ国の上層部に勘づかれる。こういうことは、怪しまれないように動くものなのだ。それを伝えると、クレル様は納得した。

「わかりました。今回も馬車で？」

「いえ、修道院があるのは隣町ですので、列車を使います。二人きりの空間を楽しみたいので、車両を一つ貸し切りにしてもらいましょう」

「そんな私情で貸し切りにしてもらってもいいんですか？」

「それが特権というものですから」

勿論、理由は別のものを伝える。クレル様は皇族であり、先日命の危機に晒されたばかり。主人を護るため、護衛役である自分以外の人間を同じ空間に入れないように、と言えばすぐに駅員が手配するはずだ。理由が理由なので、断られることはないだろう。そもそも皇族の命令なので、断ることなどできないはずだけれど。

「荷物はメイドたちに準備させますので、ご安心を」

「わかりまし――」

「最後に一つ。重要なことが」

「？」

クレル様の言葉を遮った俺は、首を傾ける彼女に、切実にお願いする形で言った。

「幽霊にびっくりして隕石を落とすとかは、やめてくださいね？」

「流石にそこまではやりませんよ！」

馬鹿にし過ぎです！　とクレル様は抗議するが、あり得ない話ではない。

なぜなら彼女はポンコツだから。

理由はそれだけで十分なのだが『言いがかりが過ぎるのはロートのほうです！』と、クレル様は頑なに認めようとしなかった。

目的地である修道院があるのは、神が降り立った地として知られる街――レベランだ。

皇都ミフラスから北に三十キロのところにあり、皇国の中でも比較的栄えていると言えるだろう。皇国の各地へと繋がる列車が出ていることもあり、多くの旅人が休憩地点として利用することが、街の発展に大きく関係している。彼らが食事や宿泊、観光で使用する金銭が、街の重要な資金源になっているから。そういう事情もあり、レベランには食事処や宿泊施設が多く立ち並んでいる。

そのレベランの西側に位置するのが、今回の目的地であるエーベル修道院だ。数百年前に建設され、火災や倒壊で修復を繰り返して今に至る、歴史ある建物。一説によると、初代の神父が神のお告げを聞き、小さな教会を建てたのが始まりであるとされている。真偽は不明だが、神聖な場所であることに間違いはない。年に数回設けられている礼拝堂の開放日には、多くの礼拝者が訪れるのだという。

そんな、歴史ある神聖な礼拝堂へと向かう道中。

「大丈夫ですか？　クレル様」

レベランにある駅へと進む列車、貸し切りにしてもらった先頭車両にて。窓から見える綺麗な自然の景色から車内へと視線を移した俺は、対面の席で青い顔をしながら天井の一点を見つめているクレル様に声をかけた。快適で絶好の列車旅とはかけ離れた、最悪の体調。とても元気には見えない彼女は俺の呼びかけにピクリと身体を反応させ、微細に震える右手を上げた。

「だ、大丈……う……っ」

「そんな状態で大丈夫と言われても、信じる人はいませんよ」

「大丈夫じゃ、ない……です」

素直に自分の状況を答え、クレル様は自分の口元に手を当てた。

全く、人の忠告を無視するからこうなるんだ。呆れ交じりに溜め息を吐き、俺は冷たい水の入った水筒をクレル様に差し出した。

「調子に乗って車内販売のクレープを三つも食べるからです。俺は何度も忠告しましたのに……目先の欲望に従うから、こういうことになるのですよ」

「だ、だって、とても美味しそうだったから……つい」

「それで吐き気を催す最悪の移動時間になっていたら世話ねぇと思います。クレル様にこんなことを望むのは酷かもしれませんが、もっと後先考えて行動してください」

「さ、先が見えないから、人生は面白いんですよ……？」

「後悔しているようにしか見えませんが」

無理矢理笑みを作ったクレル様に現実を突きつけ、俺は窓際に肘をつき数十分前までのクレル様を思い起こす。

とても元気だった。久しぶりの列車に意気揚々としており、一緒に窓の外を眺めながら楽しく雑談に花を咲かせていた。無邪気な彼女の笑顔は俺の心を何度もときめかせ、危うく五十回ほど求婚してしまいそうになった。実際には三十回で済んだので、及第点と言えるだろう。よく堪えた、俺。

列車に乗り込んでからしばらくは、和やかで楽しい雰囲気が広がっていたのだが……変化の起点になったのは一時間前。車内販売の女性職員がやってきたことだった。ワゴンカートには軽食や酒類の他、列車内の厨房で作られた焼き立てのクレープが載っており、大の甘党であるクレル様は調子に乗ってそれを三つも注文。俺の忠告にも聞く耳を持たず『絶対に食べられます！　スイーツは女の子にとって燃料みたいなものなんです！』と訳のわからないことを宣い、僅か十分でそれらを完食。俺は見ているだけで胸やけがしそうな思いだったのだが……案の定、今に至る。そりゃあ、揺れる車内であんだけ食えば気持ち悪くもなるだろ。どうしてそれを予見することができなかったのか。

自業自得としか言えないが、吐き気と闘い苦しんでいる主人を放置するわけにもいかない。俺はクレル様の隣に移動し、彼女の背中を擦った。

「少し水を飲んだら、遠くを見つめましょう。少しは楽に——」

「なりませんでした……」

「どうやら俺にできることは何もなかったようですね」

それで駄目なら、もう到着まで我慢する以外にない。はぁ、俺はもっと優雅で快適な列車旅を想像していたんだが……ある意味、クレル様らしいな。ポンコツ皇女様と一緒の時点で、優雅な旅などあり得ない。望むこと自体が間違いだったのだ。

不幸中の幸いなのは、あと少しで目的の駅に到着するということ。この状況があと一時間以上続くことになっていたら……考えないようにしよう。

脳裏に浮かんだ最悪の光景を振り払い、俺は念のため紙袋を取り出し、クレル様に手渡す。が、彼女はそれの受け取りを拒否した。

「それ、見ると……余計に駄目です」

「しかし、クレル様。俺は貴女がゲロインになるところを見たくないです」

「ちょ、今その単語は……」

「失礼いたしました」

軽率に吐瀉物を示す単語を口にしてしまったことを謝り、俺は取り出した紙袋を折り畳んで懐にしまった。多分、我慢できなくなった時の手段が見えると、今まで耐えてきたものが決壊しそうになるのだろう。昔、酒場の酔っ払いが言っているのを聞いたことがある。吐きそうな時に袋があると余計に吐きたくなる、と。

「あの、ロート……」

不意に、クレル様が俺の袖を引いた。

「どうしました？」

「ちょっと……胸をお借りしても、いいですか？」

「？　どうぞ」

意図はよくわからなかったが、特に拒否する理由もないので腕を広げる。すると、クレル様は『し、失礼します』と言い、俺の胸に倒れこむように体重を預けた。次いで、グリグリと顔を押し付け、深呼吸。

「う、ごぉぉぉぉ……」

「息苦しくないですか？」

「ふぁい……大変満足しています」

「それはなによりで」

本当にこれで楽になるのかはわからないが、クレル様が良いというのであれば良いのだろう。手持無沙汰になった俺は、気休め程度のつもりで彼女の背中を擦った。一瞬、ここで吐かれたら俺もクレル様も吐瀉物塗れになることが過ったが……すぐに思考を中断した。その時はその時に考えるとしよう。

「あと十五分ほどで到着しますからね」

「わ、かりました……もう、二度とクレープは食べません」

「クレープ自体に罪はないかと。悪いのは、揺れる車内で爆食いした貴女です。食い意地張りすぎです」

二日酔いで禁酒を誓う者のような言いように、俺は冷静に指摘。そういうことを言う奴は大体次の日くらいには二日酔いが治り、再び飲酒をするのだ。人間は何度でも同じ過ちを繰り返す生物なので、咎めたところで意味はない。ただ、クレル様に関しては常に俺が傍にいるので、今後は列車や馬車内で飲食する際は注意しよう。過剰な量を食べようとすれば、無理矢理にでも止める。今回ので一度痛い目を見たので、次はしないと思いたい。

「ふぅ……はぁ……」

クレル様が大きな呼吸を繰り返す音が鼓膜を揺らす。遠慮がないというか、ここまで大胆に人の匂いを嗅ぐのは淑女としてどうなのだろう。別に嫌ではないし、彼女が俺以外にするとは思えないので、特に咎めないが。

一向に離れる気配がないクレル様に、俺は外の景色を眺めながら言った。

「今更ですが、男の匂いなんて良いものではないと思いますよ」

「そ、それはロートが男性だからです。……貴方だって、私の匂い好きでしょ？」

「世界で一番美しい花の香りを嫌いという者はいないと思いますが？」

「たとえが大袈裟ですけど……そ、それと同じですよ」

言葉の最後は照れ隠しのためか、今まで以上に俺の胸へと強く顔を押し当て、もごもごと聞き取りづらい声でクレル様は言った。無論、地獄耳とも言われる俺にはしっかりと聞こえていたけれど。

なるほど。クレル様の言葉を要約するとつまり、好きな相手の香りは素晴らしいものに感じる、ということか。俺はクレル様の香りが世界で一番良い香りと思っているが、それと同じように、彼女は俺の香りをそう思っている、と。

どうして俺の主人はこんなに可愛いのだろうか。この疑問だけで研究論文を三千枚以上書くことができるどころか、研究成果として大々的に発表できる。真っ向から否定する者は全て捻り潰す。クレル様の可愛さと美しさが世界で最も輝かしいことは既に立証済み。磨き上げられた宝石など持ってきたところで石ころに過ぎん。そもそも神は有機物に命を与えた時点で、無機物如きがクレル様の美しさに勝ろうとすること自体が烏滸がましい。

「――ト。ロート」

「！　失礼いたしました。クレル様がダイヤモンドよりも美しいことは、全ての生物が魂で理解していることでしたね」

「誰もそんなこと聞いていないですよ」

「どうして聞いてくださらないのですか？　失望しました」

「失望される要因ありましたかッ⁉」

「冗談でございます」

言って、俺は身体を離したクレル様の顔を見つめた。

「俺の匂いにこんな効果があったことには驚きですが……大分、顔色が良くなりましたね」

「ええ。吐き気はかなり収まりました」

「良かった。俺の胸に吐瀉物をぶちまける結果にならなくて、本当に」

「……そんなことしない、って言いきれないのが嫌なところですね」

アハハ、とクレル様は頬を掻くが、本当にそんなことをされれば笑い話では済まない。

皇女とその従者が全身吐瀉物塗れで異臭を放ちながら列車から出てくる姿なんて、駅員にすら見せることができない。そんな姿、皇族としての威厳とか権威とか、欠片もないからな。最悪の結果にならなくて本当に良かったと胸を撫で下ろし、俺は小さく息を吐いた。

「とにかく、良い教訓になりましたね？　列車内での食べ過ぎは厳禁です」

「肝に銘じます……」

「よろしい。それと、俺に抱き着いて気分が良くなるようでしたら、いつでも仰ってください。クレル様のために、俺の胸はいつでも空けておきますので」

「き、緊急時以外は使いませんよ！」

思いっきり人の胸で深呼吸をしておいて、今更自分の行動が恥ずかしくなったのか。クレル様は右腕で顔を覆い隠しながら言う。使わないと言わないところからすると、今後も今のようにする可能性を残しているらしい。断言しないのは何とも、クレル様らしいな。

「緊急時となると……すぐに使う機会はやってきそうですね」

「え？　どういうことですか？」

小首を傾げるクレル様に、俺は説明する。

「これから行く修道院は、建設されてからの数百年で何度も火災や倒壊に見舞われ、修復されています。そして、災害が起きる度、数百人の犠牲者が出ているわけです。つまり——

「――」

「……幽霊のパレード」

大量の霊に囲まれている光景を想像したのか、クレル様は顔を蒼褪めさせ肩を震わせる。

本当に幽霊が出るのかどうかはわからないが、少なくとも夜の修道院が不気味な雰囲気に包まれていることに変わりはない。ここまで来てしまった以上、屋敷に引き返すことはできないからな。大人しく、クレル様は恐怖で絶叫する可愛らしい姿を俺に見せる他にない。

勿論、身の安全は俺が保障するが……果たして、彼女の心が耐えられるのか。ただ、過度に緊張した状態で臨むのはよろしくない。少しでも肩の力を抜いてもらうため、俺はクレル様に言った。

「ご安心ください。傍には俺が控えていますから……クレル様は勇猛果敢に先陣を切ってくださいね」

「何で先頭を歩かせようとしているんですか！　普通は強い男性が前に行くもので――」

と、クレル様が抗議の声を上げた時、列車が汽笛を鳴らして減速、停車した。窓を見ると、外には自然ではなく駅のホームが。

どうやら、到着したらしい。抗議の文句は、修道院までの道中で聞くことにしよう。頭上の荷台に置いていた荷物を手に取り、車椅子を用意して、俺は不満そうにこちらを見るクレル様を促した。

「さぁ、行きましょうか」

列車を降り、駅の前で馬車に乗り込んでから、およそ二十分が経過した頃。

「何というか……歴史を感じさせる建物ですね」

修道院前に到着して馬車を降りた後、車椅子に座るクレル様は眼前の建物を見上げ、そんなありきたりな感想を告げた。

白い壁と藍色の屋根で造られた、古めかしい屋敷。

修道院の外観に関しては、この程度の感想で説明は十分事足りる。壁や屋根の一部に入った大きな亀裂からは、建物の年季が窺えた。ところどころ蔦が這っているのも確認でき、小さな子供が見れば幽霊屋敷と言ってもおかしくない。如何にも曰く付き、如何にも幽霊が出そうな雰囲気と言える。幽霊など、物騒な噂が広がるのも仕方ないな。

俺もクレル様と同じような感想を抱きつつ、建物を見つめている彼女に言った。

「オブラートに包まなくとも、正直にきったねぇ建物だと言ってもいいのでは？」

「そこまでのことは思っていませんから！　ちょっと汚れてるなぁ、くらいしか思ってません！」

「大差ないかと」

最初の感想が汚い建物であることに変わりはない。歴史ある建造物なので無暗矢鱈に掃除はできないのかもしれないが、それでも外壁の黒い煤汚れくらいは落とせよ、と思ってしまう。うちの屋敷を見習ってほしい。

「世界的に有名な寺院や大聖堂のように、外壁の汚れすらも芸術になるほど壮大な建物であれば文句はありませんが……少なくとも、あれにそこまでの魅力はありません」

「まぁ、私もちょっとイメージと違うなぁ、とは思いましたね」

「ここはあくまでも修道院ですからね。修道女たちが生活をするだけなら、豪華絢爛にする必要はない」

修道女や修行僧は、節制した生活を送るものであるとされている。そんな者たちが豪華な装飾が施された豪邸のような場所に住んでいたら、何が節制だと言われてしまう。ある意味、古く汚れた外観にしているのは正解なのかもしれない。

長期間滞在するわけではないので、ここは割り切るしかないだろう。

長くとも数日の辛抱だ、などと考えていると、クレル様がポツリと小さな声で言った。

「本当のお化け屋敷みたい……あ」

無意識だったようで、クレル様は慌てて口元に手を当てる。そんなことをしても既に遅く、バッチリ俺に聞こえていた。

「クレル様、くれぐれも神父や修道女たちの前で口を滑らすような真似はしないでくださいね。面倒なことになりかねませんので」

「わ、わかっています。今のはちょっと……無意識の内に出ちゃっただけですから！」

「それがまずいのですよ」

頭痛を堪えるようにこめかみへ指を当てる。

問題なく円滑に修道院側とのやりとりを進めるために、クレル様には極力口を閉じてもらったほうがいい。思ったことを何でも口にされると、余計な面倒ごとが起きかねない。失言の危険性を考え、会話は基本的に俺が行うことにしよう。念のため、クレル様には防音障壁でも展開して……いや、それはやりすぎか。

とにかく、一度しっかりと釘を刺しておかなければならない。

「気を付けてくださいね？　クレル様のポンコツでトラブルに巻き込まれるのは、真っ平御免なので」

「酷いこと言わないでください。私が初対面の相手に粗相をしたことがありますか？」

「数えきれないほどに」

「……………気をつけます」

自分で聞いておきながら、心当たりがあったのだろう。あっさりと降参を宣言した。さっさと白旗を上げてくれて助かった。頑なに認めなければ、これまでクレル様がやらかした相手とポンコツの詳細、並びにその都度俺が行った後処理やフォローの数々を懇切丁寧に説明しなければいけないところだった。恐らく、一晩では語りつくすことができないだろう。彼女のポンコツは、もはや才能とすら言える。いらない才能だな。

ただ、余計な才能を持ち合わせた彼女に望んで付き従っているのは俺だし、今回も愛する主のために頑張るとしよう。

「今回もいつものように、クレル様の無能が露呈しないよう努力いたします」

「そういうことは本人に聞こえないところで言ってください」

「？　聞かせるために言っているのですが」

「意地が悪すぎますッ！」

大きな声で非難の声を上げたクレル様を無視し、俺は何食わぬ顔で舗装された建物までの道を歩く。と、建物に近付いた時、正面扉の前に人が見えた。

「！　あの人は……」

「修道院の神父でしょう。どうやら、出迎えに来たみたいですね」

クレル様に答えた時、正面の人物がこちらに向かって一礼した。

黒い修道服を着ている、痩せ型の中年男性だ。灰色の髪が風に揺れ、胸元には星形のネックレス。片手には教典と思しき分厚い書物を持っており、如何にも修道院の神父という感じだ。とても穏やかそうな印象を受ける。

声の届く距離まで近づくと、彼はこちらに声をかけた。

「ようこそいらっしゃいました、皇女殿下とお付きの方」

「ご丁寧にどうも。こちらの神父様……で、よろしかったですか？」

「はい。こちらの修道院で神父を務めております、レバード＝マーロイロと申します」

自己紹介と共に頭を下げた男性――神父は、次いで挨拶をしようとしたクレル様に片手を見せた。

「自己紹介は不要です、クレル＝カレアロンド第三皇女殿下。それと、お付き人のロート様。御高名はかねがね伺っておりますので」

「「……」」

俺とクレル様は互いに顔を見合わせた。

御高名というと聞こえはいいが、巷で噂されているクレル様の情報は、良くも悪くも妙なものばかり。謎多き皇族であると共に、皇国で最も怒らせてはならない危険人物。癇癪で国を亡ぼす魔人。最強最悪の魔法士など、実際の人物像とは異なる情報が後を絶たない。神父が一体どんな噂を聞いたのかは気になるところではあるが……今聞くのはよそう。相談者が待っているはずだし、さっさと話を進めなければ。

「歓迎いただき光栄です、神父様」

「こちらこそ、お目にかかれたことを喜ばしく思います。さて、今回の来訪についてなのですが……事前に、見学と礼拝をしたい、と」

「ええ、その通りです」

肯定し、俺はクレル様に視線を移した。

「近頃、俺の大切な姫君に不幸な出来事が続いておりまして。これ以上の大事に至る前に、祈りを捧げておこうと思ったのです。信じる者に対して、神は救いの手を差し伸べてくださいますから」

「なるほど。どうも、災難が続いているようですね。皇族の方ですので、大切になさるのは当然ですが……貴方の場合、主従を超えた特別な感情をお持ちのように見えますね」

「ええ、それは間違いではありません」

「おや？」

俺の回答に驚いたのか、神父は意外そうな声を上げる。彼としては、先ほどの台詞は冗談のつもりで言ったのだろう。しかし、生憎それは冗談ではない。

自分の胸に右手を当て、俺は事実を口にする。

「俺は彼女を主としても、一人の女性としても愛している。勿論、長く一緒にいれば至らぬ点も見えてきますが、そこも含めて全てが愛おしい。尤も、気持ちを伝えても恥ずかしがり屋の彼女は応えてくれませんが、ね」

「……」

クレル様の耳に口元を近づけると、彼女は両手で顔を覆って俯いてしまった。遠目からでもわかるほど、顔や耳は赤く染まっている。

毒を挟まずにここまでの気持ちを口にしたのは、かなり久しぶりかもしれない。毒舌という緩衝材が一切ないため、クレル様が心臓に受けるダメージは相当大きいはず。今の彼女は見ているだけで、鼓動がフェスティバルしているのがわかった。面白い。

「……」

俺の言葉に神父は唖然とした様子で沈黙し、やがてクレル様に言った。

「従者に恵まれましたね、皇女殿下」

「……とっても」

クレル様は両手で熱くなった顔を扇ぐ。本当はもっと言いたいところなのだが……ここで時間を使うわけにはいかない。一先ず、建物の中に入れてもらおうか。

「神父様。よろしければ、客室に案内していただいても？　見ての通り姫君は身体が弱く、長時間の移動で疲れておりますので」

「勿論、すぐにご案内させていただきます。礼拝は、いつ頃捧げられるご予定で？」

「夜、二人で礼拝堂に向かわせていただきます」

「承知いたしました。では……こちらへ」

先に修道院内へと入った神父の後に続く。

案内された客室は、要人が来訪した際に使用されるという一軒家だった。修道院の本館から少し離れた場所にあり、窓からは庭師に整えられた庭園を眺めることができる。室内には生活に必要な器具や設備が全て揃っており、調理場すら備え付けられていた。もはや客室ではなく、誰かを住まわせるための家と言ったほうが適当だろう。

荷物を棚に置き、クレル様の危険になるようなものがないか調べる。と、ソファで寛いでいたクレル様が呑気に天井を見上げながら部屋の感想を告げた。

「とてもいい部屋ですね。過ごしやすくて、快適です」

「元々ここは、身分の高い客人を泊めるための部屋だそうですからね。調理場もあるので、食事も問題なく作れる。理想の外泊部屋です」

「あれ、修道院のほうで食事を用意してくださるのでは？」

「申し入れはありましたが、断りました。食事に関しましては、前回の盛大な失敗がありますので」

妥当な判断だろう。相談者が手紙に記した怪奇現象は、悪意を持った魔法士によるものである可能性が高いと俺は踏んでいる。そんな輩が潜伏しているかもしれない修道院から提供されたものを、クレル様に食べさせるわけにはいかない。数週間前には、毒の盛られた料理をクレル様が口にする事態にもなった。

二度とあのような失態を犯さないためにも、不安は全て潰しておくべきだ。

持ってきた食材――生ものは氷漬けにしてある――を保存庫の中に入れ、俺はクレル様のほうへと歩み寄った。

「これで一先ず、客室でやることは終わりましたね。室内に怪しげな道具もありませんでしたし、境界線感知も発動させましたので。対策はバッチリです」

「い、いつの間に……」

「クレル様が可愛らしいアホ面で天井のシーリングファンを眺めていた時に。口、開きっぱなしでしたね。ボーッとしている子供を見ている気分でした」

「う、うぅぅぅ……」

だらしないところを見られた羞恥心と、そんなことを一々言わないでほしいという思い、しかしそんな油断しているところを無防備に晒した自分への苛立ちが合わさり、クレル様は頬を赤くしながら俺を睨んだ。相変わらず、とてもわかりやすい。どうしてそんな反応をしたのかを完璧に考察することすらできてしまった。そんな顔で睨まれても、可愛い、好き、愛してる、絶対に結婚しよう、なんてことしか思わない。傷つくことはないが、恋に落ちる人が続出すると思うので、俺以外にはその表情を向けないでいただきたい。マジで。

機嫌を直してもらうために一度謝り、俺はクレル様に目的を果たしに行こうと促す。

「さて、ここにいてもやることがありませんし、相談者のところへ行きましょうか。約束の時刻まで、残り十分といったところですので」

「いいのですか？　神父様には休憩すると言いましたけど」

「構いませんよ。既に部屋に入ってから十数分が経過していますし、そもそも彼に行動を制限される謂れはありません。自由に動きましょう」

「それは……いえ、そうですね」

納得したクレル様は車椅子へと移動し、俺は彼女の乗ったそれを押して客室を後にし、石畳の道を通って修道院の本館へと入った。

「そういえば、待ち合わせ場所は何処に？」

「中央にある礼拝堂です。そこが一番わかりやすいと思ったので」

黒目安箱の性質上、何度も手紙のやりとりができるというわけではない。基本的には投函された手紙の差し出し主に対して、一通の返信を送り返すことしかできないのだ。そのため、直接会う際にはわかりやすい場所を指定する必要がある。しかも、今回は修道院の責任者である神父には相談のことを秘密にしているので、余計に不便さが際立ってしまったわけだ。

「一度会うことさえできれば、話す場所は変えることができます。今回の礼拝堂には人が大勢いると思いますから、恐らく別の場所に移動することになるでしょう」

「そうですね。黒目安箱の相談役が私たちであることは秘密ですし、周囲には私たちの目的を聞かれるわけには行きませんから……話は変わりますが」

「ん？」

突然、クレル様から話題の変更が告げられ、俺は首を傾げた。なんだ？　と思いながらも言葉を待っていると、彼女は視線をあちこちに散らし……やがて、不機嫌そうに頬を膨らませた。

「ある程度予想はしていましたけど……やっぱり、凄く見られていますね」

「修道女から、ですか？」

「それ以外にないでしょう。しかも、随分と熱を含んだ目で見られています」

まるで俺が悪い、とでも言うかのような口調。

当然、気が付いてはいた。先ほどからすれ違う修道女たちに、やや熱っぽい視線を向けられていることについては。常に周囲を警戒して意識を飛ばしている俺が、彼女たちの露骨な視線に気が付かないわけがない。

だが、幾らクレル様が不機嫌になったところで、こちらからはどうすることもできない。彼女たちには悪気はなく、俺たちに危害を加えるつもりも勿論ないのだ。ここで俺が何かを仕掛けようものなら、それこそ本末転倒になる。

今できることと言えば、ご機嫌斜めになってしまったクレル様を宥めることくらいだ。

「我慢してください。これぱっかりは、俺には何もできません」

「わかってます。でも……私以外がロートにああいう目を向けるのは、凄く嫌なんです。逆に、ロートは私がそういう目で見られていたらどういう気持ちになるんですか？」

「そいつらの目を潰します」

「気持ちって言いましたよね？　あと殺気抑えてください」

「！　失礼しました」

　クレル様に言われ、俺は身体から溢れ出た殺気を瞬時に消滅させる。脳内でクレル様に邪な目を向けた男共を粉微塵にしている最中だったのだが……とにかく、納得した。

「なるほど。今のクレル様はこういう気持ちになられているのですね」

「そういうことです。やっぱり、ついてきて正解でしたね。あのまま屋敷に残っていたら……ずっと嫌な気分のままでした」

「ご自身の判断に納得されているようであれば、何よりです。しかし、珍しいですね」

「何がですか？」

「クレル様がここまで直接的に、照れることなく俺に対する気持ちを伝えてくることです。勿論、俺としてはとても嬉しいですが」

「気持ち、ですか？」

　クレル様は俺が何を言っているのか理解できない、という様子だ。そうだろうなとは思っていたが、やはり無自覚か。どうも彼女のポンコツは、こういう場面でも顔を見せるらしい。これに関しては、俺にメリットしかないけれど。

　仕方ない、教えて差し上げるか。

よくわかっていない主人に、俺は手短に、尚且つわかりやすく説明した。

「今のクレル様は、俺を独占したいと言っているのと同じですよ」

自分だけが彼を好きでいたい。自分以外の人間が彼に好意を寄せてほしくない。自分だけが彼の良いところを知っていたい。今のクレル様は、そういう気持ちが顕著に表れている。

「…………はぅ」

俺の世界一わかりやすい説明を聞いたクレル様は急に羞恥心が襲ってきたのか、そんな可愛い声を上げて俯いてしまった。

やはり、俺の主人は世界一可愛くて、愛おしい。

全人類が周知である事実を再確認し、俺は大きな両開きの扉の前で立ち止まった。

他の部屋の扉とは明らかに違う、厳かな雰囲気が感じられる。表面には花や太陽と思しき彫刻が施されており、扉の中央にある二つの鍵穴には金の装飾が施されていた。中からは微かに、パイプオルガンの幻想的な音色が聞こえてくる。

頭の中に入っている見取り図と照合し、ここが礼拝堂であることを確信。車椅子から離れた俺は扉に近付き、両手でそれを押し開いた。

「……凄いですね」

一拍を空け、クレル様がそう呟いた。

まず視界に飛び込んできたのは、壮大で美しい、幻想的なステンドグラスと薔薇窓。壁の大半を埋め尽くすそれらは、一枚一枚に別の絵が描かれており、見る者に何処か神秘的な衝撃を与える。

また、礼拝堂の最奥に立つ女神像は神々しく、まるで本当に生きているかのようにも見えてしまった。自然と、左右に並べられた長椅子に座って祈りを捧げたくなる。

神聖さを感じる、美しい空間。そんな礼拝堂の奥――巨大なパイプオルガンの鍵盤の前に、一人の少女が座っていた。黒を基調とした修道服に身を包み、長い赤髪を背中に流している。

彼女がそうか。

考えながら開け放った扉を閉じる。バタン、と大きな音が響き渡った直後、少女は演奏をやめて立ち上がり、こちらに身体の正面を向けた。

「お、お待ちしておりました。皇女殿下と、その執事様」

やや緊張した様子の彼女は赤い瞳を伏せ、胸元の星形ペンダント……いや、ロザリオを揺らし、深く一礼する。その上品な佇まいや言葉遣いからは修道女らしい、清廉さが窺える。緊張の理由は考えるまでもなく、クレル様だろう。

妙だな。俺は手紙に、自分たちの正体を書いてはいないはず。なのに、彼女の言葉や振

る舞いはまるで最初から全てを知っていたかのよう。一体、何処で知ったのか。

その謎を解くため、俺たちは少女のもとへと歩み寄り、尋ねた。

「どうして来るのが俺たちだと？　誰かから聞いたのか？」

「あ、いえ。誰かに聞いたわけではなくてですね……返信の手紙を頂いた後、皇女様とその執事の人が修道院を訪れると聞きまして。あまりにタイミングが重なったので、もしかしたらと思ったんです」

「あぁ、そういうことか」

説明を受け、俺は納得した。確かに、返信の手紙を受け取った直後に俺たちの来訪を聞けば、誰だって『まさか？』と思うことだろう。思わないのは日頃から何も考えていない者か、クレル様のようなポンコツだけ。この少女は、その枠に当てはまらなかったらしい
——何かを察したクレル様が、俺にジトっとした視線を向けた。

「また、私に対して失礼なことを考えていますよね？」

「あれ、クレル様舌切りました？」

「切ったら喋れないでしょ！」

ガルルッ！　と威嚇する子犬のように吠えたクレル様の頭をよしよしと撫でて落ち着かせる。本当、彼女はこういうところでは勘が鋭くなるんだよな。女の勘は凄まじいとはよ

く言ったものだ。別に勘づかれても構わないことしか考えていないので、いいけれど。

クレル様の頭を撫でつつ、俺は少女に確認を取る。

「ちなみに、俺たちのことを第三者に話したりはしたか？」

「していませんよ。手紙に口外禁止と書かれていましたし、そもそも相談の手紙を出したことすら、他の誰も知りませんからね」

それを聞いて、安心した。手紙には誰にも言わないようにと書きはしたが、まだ誓約を交わす前なので、幾らでも話すことはできる。彼女がしっかりとした道徳と倫理観、そして常識を持ち合わせているようで、本当に良かった。

誰にも聞こえないほど小さな安堵の息を吐くと、少女はとても意外そうに、俺に頭を撫でられ表情を弛緩させているクレル様を見つめた。

「な、何だか、私が思い描いていた人物とは随分違いますね。噂だと、美しい反面すぐに癇癪を起こして一帯を焦土と化す破壊神だと……」

「巷に流れている噂は相当誇張されているから、鵜呑みにするな。実際はちょっと撫でられただけで上機嫌になる、歴史に残るほどチョロい木偶の坊だ。常に傍で見守っている俺からすれば、恐怖の象徴だの破壊神だの、意味がわからないとしか思えない。愛していますよ、クレル様」

「愛してるって言えば簡単に許して貰えるという思惑がバレバレなんですけど？」

「お見事」

「せめて否定してください！」

クレル様はペシッ！と軽く音が響く程度の力加減で俺の腕を叩いた。痛みは皆無。俺にとっては子猫に叩かれたようなものであり、湧き上がる感情は愛しさ以外にない。今日も俺の主は世界で一番可愛いようだ。異論のある奴は叩き潰す。

「全く……」

溜め息と共に言葉を零し、クレル様は俺から少女へと意識を向け、安心させるような柔らかい声音で話しかけた。

「ロートが言っていることの全てが本当というわけではありませんが……少なくとも、私は貴女のような可愛らしいお嬢さんに、酷いことをする悪者ではありません。ですから、安心してくださいね」

「……は、はい！」

想像の正反対、クレル様が恐怖の大魔王ではなく親しみやすいお姫様であったことが嬉しかったのか、少女は安心しきった表情でクレル様に歩み寄り、彼女の両手を取って顔を近づけた。

「え――」

「噂のこともあって、ちょっとだけお会いするのが怖かったんですけど……今は、お会いすることができて良かったって思ってます！　皇族なんて凄い身分の御方の、皆が知らない一面を知ることができて、とっても光栄です！」

「あ、アハハ……」

瞳をキラキラと輝かせて興奮気味に言う少女に、クレル様は困惑した様子で苦笑い。

あまりにも純粋で悪意がなく、易々と接近を許してしまったが、どうやら彼女は中々に見どころのある娘らしい。噂に恐れることなく、初見でクレル様の美しさを見抜くとは、将来有望な逸材かもしれない。それに、先ほどまでは物静かだと思っていたが、実際は好奇心旺盛で明るく、天真爛漫な性格のようだ。

今回は、かなりの当たり。クレル様に不快な思いをさせるような者ではなくて良かった。

そう思いつつ、俺は少女に尋ねた。

「キアナ＝エンベライト、でよかったか？」

「はい！　この度はご足労いただきまして、ありがとうございます！　お目にかかることができて光栄です！」

大輪が咲いたような笑顔を見せた少女――キアナは、本当に嬉しそうな声音でそう言った。クレル様やうちのメイドたちとは、また違ったタイプの女性。明るいという言葉の擬人化とも言える元気いっぱいなキアナに、クレル様はやや気圧されながらも挨拶を返す。

「く、クレル＝カレアロンドです。こちらこそ、無事にお会いすることができて良かった。先ほどの演奏、とても素晴らしかったですよ」

「わぁ！　皇女様に褒めていただけるなんて、凄く嬉しいです！　また今度時間がある時に、ゆっくりと聞きに来てくださいね！」

クレル様のお褒めの言葉に気分が良くなったらしく、キアナは感激した様子で返した。

確かに、演奏難易度が桁違いに高いと言われるパイプオルガンを弾きこなせるのは、中々どうして。あの音色を聞きながら祈りを捧げれば、本当に女神が応えてくれるのではないかと思ってしまう。神聖な場に相応しい、見事な演奏だった。

欲を言えばもっと美しい音色に浸っていたいのだが、そういうわけにもいかない。ここには音楽鑑賞に来たのではなく、あくまでもキアナが抱える問題を解決しに来たのだから。演奏をじっくりと聞くのは、色々な用件を済ませ、時間に余裕ができた時にしよう。

俺は早速手紙の件について話す——前に、周囲を見回してキアナに問うた。

「他の修道女は、礼拝を捧げに来ないのか？」

「この時間は誰もいませんよ。お祈りは朝と夜の二回で、それ以外の時間はここに入らないよう言いつけられていますから。ただ、私はオルガンの練習がしたいと言えば、入らせてもらえるんですけどね」

「つまり、キアナだけが入れる、と。それは好都合だな」

場所を探す手間が省けた。ならば、ここで必要なやり取りを済ませるとしよう。俺は懐から一枚の丸められた羊皮紙を取り出し、キアナに手渡した。

「えっと、これは？」

「誓約の巻物だ。今回の相談、依頼の解決にあたり、そこに記されていることは全て守ってもらう。主に、黒目安箱の相談役が俺たちであることをはじめ、今回の件で生じる様々なことに対する守秘事項だ」

情報の漏洩を防ぐために必要な措置だ。この誓約書の効果は絶大であり、サインをした瞬間に契約を破ることができなくなる。破れば、とてつもない代償を支払うことになるのだ。

キアナがじっくりと誓約書を読み込んでいる姿を見つめていると、クレル様が俺に顔を寄せた。

「あんなのあったんですね」

「当然です。前回の館長みたいに、何でもベラベラと喋ってしまいそうな依頼者もいるわけですから。情報漏洩は命取りになります」

正体が公に知られてしまったら、良からぬことを考えて利用しようとする輩が現れる。そんな被害に遭わないためにも、誓約書は必要不可欠なのだ。

「はい。サインを——」

クレル様と話している間に誓約書へのサインを済ませたキアナが、それを丸めて俺に手渡そうとした。その瞬間。

「わっ！」

誓約書は何の前触れもなく突然発火し、驚いたキアナは反射的にそれを手放した。燃える誓約書は床に落ちるが、纏った炎が他に燃え移ることはなく、あっという間に燃え尽き紙は跡形もなく消滅する。

これで誓約の儀式は完了した。

誓約書が燃え尽きたことを確認した俺は頷き、驚くキアナに『問題ない』と事情を説明した後、本題に入った。

「さて、早速相談内容について話そうと思うが……改めて、キアナの周囲で起こっていることについて説明してくれないか。手紙に書かれていたのは、ほんの一部だろう？」

「はい。手紙に書き起こすと、かなり長くなってしまうので……えっと」

「まぁ、座ってゆっくりと話せ」

　立って話すのは疲れるだろうと思い促すと、キアナは手近な長椅子の端に座り、自分の周囲で起こっている出来事の詳細を語った。

「少し前から、夜になると奇妙なことが起きるようになりました。何もないところから音がしたり、突然ランプの火が消えたり、耳元で変な……何かがぶつかるような音が聞こえたり。最初は気のせいだと思っていたんですけど、それがいつまでも続いて……このままだと、何か良くないことが起こるんじゃないかなって思ったんです。誰に相談しても気のせいだと言って、まともに取り合ってくれなくて。どうしようと困っている時に黒目安箱の噂を聞き、王都まで手紙を出しに行ったんです。探すのに、凄く時間がかかりましたけど」

「今回は何処に置いていたんですか？」

「街路樹の天辺付近です」

「どんな場所に置いてるんですかッ⁉」

「前回の失敗を活かした結果です」

　見つかりやすい場所に置いたら、くだらない相談が寄せられることがわかったからな。今回は本当に見つからないような場所に隠したのだ。狙い通り、今回の投函されていた手紙の中には、くだらない内容のものは一つもなかった。

思惑通りに行ったことに満足していると、クレル様は俺に呆れの目を向けつつ、キアナに言った。

「キアナさんも、よく見つけましたね」

「街で色々な人にお話を伺って、どんなところにあるのかを推測したんです。流石に、木に登る羽目になるとは思いませんでしたけど……宝探しをしているような感覚で楽しかったですよ！」

「す、凄いですね。ロートの無茶を楽しめる人なんて、滅多にいないと思います」

「逸材ですね。とはいえ、黒目安箱探しを楽しむ人がいたので、俺の行動は正しかったということで」

「キアナさんみたいな人は滅多にいないので、ロートは今後見つけやすい場所に黒目安箱を設置するように！」

「嫌です」

「即答で拒否しないでくださいよッ！」

クレル様は俺の服の裾を引っ張りながら大声で叫んだ。主人の命令は絶対だが、残念ながら従うわけにはいかない。俺はくだらない相談に時間を割きたくないし、何よりも黒目安箱の隠し場所を決める俺の楽しみがなくなってしまうから。幾らクレル様でも、俺の楽しみを奪うことは許さない。奪うなら相応の代償を提示してほしい。結婚とか。

可愛らしくこちらを睨むクレル様の髪を撫で、俺は話を戻した。

「さて。キアナの周囲で起きている怪奇現象の数々についてだが……人為的に引き起こされたものだと、俺は考えている」

「人為的と言いますと……誰か、怪奇現象を起こしている人がいるということですよね？」

「その考えで間違いない」

キアナが捉えたイメージを肯定し、俺はそう考えた理由を説明した。

「決して多いわけではないが、魔法士の中には、使い魔のように霊体を生み出すことができる者もいる。従僕である霊体を操り、何かを為そうとしているわけだ。過去には霊体を使って殺人を行った例もあり、今回はそれに類似する事案の可能性が高い」

「えっと、ロート。それでは、怪奇現象を起こしている術者が修道院の中にいると？」

「霊体を生み出し操る死霊魔法と呼ばれる類は、一定範囲内に術者がいないと発動しないものが多い。なので、その可能性は十分にあるかと」

無論、確実に修道院の中にいるというわけではない。物事に例外はつきものだが、少なくともこの建物の中で起きている以上、何らかの足跡はあるはずだ。霊体とは言っても魔法とマナで生み出されていることに変わりはなく、自然消滅する前のそれを発見できるかもしれない。もしも見つけることができるならば、一気に解決に近付く。

ただ、それを発見するためには、誰にも邪魔されることのない深夜の調査が必要不可欠となる。

「キアナは修道院の中を調べたことは？　昼でも、夜でも」

「昼間に何度か見て回ったことはあります。ただ、私は魔法士ではないので、結局何も見つけることができなくて……」

「まぁ、そうだろうな」

魔法士が残した痕跡は、同じ魔法士でなければ発見することは難しい。素人でも一生懸命捜せば何とか見つかるようなものではなく、悪事に使われている魔法は狡猾に隠されているものだ。非魔法士であるキアナが見つけられなくても、仕方ない。

となれば、やはり俺たちが捜さなくてはならないだろう。行動が制限される昼間ではなく、第三者の目を気にしなくても動き回れる夜に。

「……」

「わかりやすいくらいに落胆しないでください、クレル様」

無言でどんよりとした雰囲気を纏うクレル様に、俺は苦笑しながら言った。もしかしたら、調査しなくてもいいのかも、と期待したのだろうが、残念ながら世の中は甘くないのである。彼女に甘いのは俺だけでいい。調査の時間まで、全力で甘やかしてあげよう。

「えっと……大丈夫ですか？　皇女様」

「……な、何とか。現実から目を逸らし続ければ、正気を保っていられます」

「クレル様。それを大丈夫とは言いませんよ」

思わず逃げ出したくなるくらいには嫌がっているはずだ。多分、今の彼女は気を抜けば涙が頬を伝いそうになっているに違いない。心苦しいが、ついてくると言ったのはクレル様本人なので我慢してもらおう。傍には俺もいるし、怖すぎて耐えられない時は、俺が彼女を抱えて歩くとしよう。実質ご褒美である。

夜に神父と約束している礼拝を終えた後、修道女たちが寝静まった時刻に調査を開始。

今後の方針を共有して一旦解散した後、俺が幽霊のような空気を纏ったクレル様を全力で甘やかしたのは、言うまでもないことである。

第二章　幽霊に怖がる姫君を至近距離で愛でられるのは、執事最大の特権である

「遂(つい)にこの時が来てしまいましたか……」

少し遅(おそ)い夕食を取り、礼拝を終えた後の、夜十時。

修道院本館の離れにある小さな書庫。その室内にある机の上に置かれた揺らめく蝋燭(ろうそく)の炎を見つめながら、クレル様は心底憂鬱(ゆううつ)そうに呟いた。彼女の周囲は今、どんよりとした暗い空気が漂(ただよ)っている。

「夜の修道院を歩くことはわかっていますけど……せめて、せめて修道院の中が明かりで灯(とも)されていますように！」

「記憶力消滅(きおくりょくしょうめつ)しましたか？　暗闇(くらやみ)だったでしょう」

「悲しい現実を突(つ)きつけないでくださいよッ！」

「理想に逃げようとしないでください」

「こんな時くらい現実逃避(とうひ)してもいいじゃないですか……」

クレル様はゲンナリと肩(かた)を落とし、幸せが逃げるほどの大きな溜め息を吐いた。

憂鬱極まりない表情をしているが、これでも俺はできる限りのことをやったのだ。夕食はクレル様の好物ばかりを振る舞い、礼拝堂に行くまでの間はずっと傍に寄り添い手を握り、十秒に一度のペースで好きという言葉を伝え続けた。さらには礼拝が終わり客室に戻った後、キアナと約束した時刻までティータイムを設け、至れり尽くせり。常人ならば、最低一週間は心身共に健康状態が続くほどの活力を注入されているはずなのだ。

だが、それだけのことをやっても尚、クレル様を完全復活させることは叶わなかった。夜中の修道院調査が、それほど彼女の精神的な負担になっているのだろう。だったらついてこなければよかったのに、とは思ったけれど、クレル様が踏み出した一歩を否定するわけにはいかない。何度も言うが、子供は褒めて伸ばすべし。

「あの～……皇女様」

どんよりとした空気を纏うクレル様を気の毒に思ったのか、椅子に座っていたキアナが車椅子の傍に駆け寄った。

「よろしければ、調査はロート様にお任せして、こちらで待機されては？　ロート様は凄腕の魔法士ということですので、お一人でも問題はないかと。ほら、私とここで楽しくお喋りをしていれば怖さも気にならないと思いますし！」

キアナの提案は、クレル様からすれば宝石に等しい価値がある、魅力的なものだろう。

どうするんだ？　と思いながら黙ってクレル様を見ていると、彼女は数拍の間を空け、首を左右に振った。

「……大変魅力的な提案ですけど、そういうわけにはいきません。キアナさんの悩みを解決するのは、私たち二人の役目ですから」

固い意志を心に宿したように、クレル様はキアナの目を見つめ返して言う。今のクレル様を十人が見れば、ほぼ全員が自分のやるべきことを決して投げ出さないという志を感じることだろう。実際、キアナは『皇女様……』と感心した様子。力強い眼差しには、説得力があるから、そう思うのは無理もない。

だが、実際のところは、全く違う。

「このポンコツ皇女様は俺が傍にいないと何処であろうと不安になるだけだから、騙されるな。強い意志があるんじゃなくて、俺に依存しているだけだ」

「何で教えちゃうんですか！」

「クレル様、そこは違うと否定するところです」

ツッコミを入れながらも、今のクレル様には否定する余裕もないんだろうな、と薄々察する。今の彼女の心境は、さながら処刑場に連行される前の罪人。これから恐ろしいものが自分を待っているとなれば、余裕を失うのは当然か。泣き叫んで俺の服を破かないだけ、まだマシなほうだ。

俺が傍にいるから大丈夫ですよ。そう言いながらクレル様の頭を撫でて宥め、俺はそのままキアナに話した。

「俺から離れたら、クレル様はパニックになって修道院を消し飛ばす可能性がある。申し出はありがたいが、死者を出さないためにも彼女は連れていく」

「え、皇女様……やっぱり、そんなにお強いんですか？」

驚きの表情で俺の胸に顔を押し当てているクレル様を見るキアナに、俺は頷いた。

「実際に会って分かったと思うが、巷に出回っている噂の内、人格についてはデマが多い。が、強さに関しては過小評価されているものが大半だ。このダメダメポンコツ姫は一人で国を滅ぼせるんじゃない。一人で世界を消し炭にできるんだ。今の姿からは、想像もできないだろうが」

「…………」

俺の話を聞いたキアナは、唖然と口を開いたまま動かない。少し、怖がらせるようなことを言ってしまったか？　クレル様の力の一端を話してしまったことを若干後悔していると……唐突に、キアナは瞳をキラキラと輝かせた。

「お姫様なのにそんな強い魔法も使えるなんて、皇女様は本当に凄いんですね！　そんな人の傍にお仕えできるロート様、ちょっと羨ましいです!!」

「……そ、そうか」

まさかそんな反応が来るとは思わず、俺は若干言葉に詰まった。

クレル様の強さを聞いて、こんなことを言うとは……薄々思っていたが、このキアナという少女は恐れるということを知らないのか？　常人なら慄きひれ伏さんばかりの態度になるが、持ち前の明るい性格がその部分を弱めているのかもしれない。面白いやつだな。

クレル様のほうが面白いけど。

こんな奴がいるんだな、なんてことを考えながら、俺は左腕の時計を確認し、クレル様に声をかけた。

「朝帰りになるのは嫌なので、そろそろ行きましょうか」

「エルネさんってこんな気持ちだったんですね……」

「一緒にしないであげてください。クレル様のほうが格段に楽です」

死刑台に向かう気持ちと、暗い修道院に向かう気持ちは同等じゃない。クレル様は別に殺されに行くわけではないのだ。変なこと言わないでくれ。

逃げ場はない、と観念した咎人のように『行きましょう……』と言ったクレル様を連れ、俺は書庫の扉を開けて外へ出た。

来るときも思ったことだが、夜の修道院は中々に雰囲気がある。眼前に続く長い廊下は闇に包まれ、光源がなければ数メートル先もわからない。一定間隔で窓は存在するものの、残念ながら今は新月のため月光はない。

安全のために、夜間も多少は明かりを灯してもいいのではないかと思ったが、そもそも夜間に出歩く修道女はほとんどいないんだったと思い出した。それに、不気味さを度外視すれば、手元にランプを持てば十分に歩くことはできる。ならば、余計な蝋燭を使わないほうがいいのは当然の考えと言えるだろう。

いざ、暗闇の修道院へ。

見送りに来たキアナに手を振り、そんなことを考えながら車椅子を押した。

「ちょっと待ってください」

その時、クレル様が俺の腕を掴んで静止を促した。

暗闇の修道院を前に、怖気づいた……いや、最初から怖気づいているか。であれば、今一度覚悟を決めさせてほしいとか？

静止の理由を色々と予想しながら、俺はクレル様に問うた。

「どうしましたか？」

「今、凄いことに気が付いたんですけど……」

からくり人形のようにぎこちない動作で顔をこちらに向け、クレル様は声を震わせながら言った。

「車椅子に乗って移動したら……私が必然的に先頭を進むことになります」

「？　今更ですか」

「気づいているなら最初から歩きにしてくださいよッ！」

悲鳴にも似た声で言い、車椅子から立ち上がったクレル様は俺の腕を勢いよく抱きしめた。地震が起きた時の食器と同じくらい、彼女の身体はガタガタと震えている。

ムスッと頬を膨らませ、クレル様は俺を見上げた。

「わ、私も、歩いていきますからね！」

「クレル様。これでは調査ではなく肝試しデートになってしまうかと」

「楽しむ余裕はないですけど……もうそういう解釈でいいです。とにかく、先頭だけは絶対に嫌！」

いつも以上の我儘を発揮したクレル様に、俺は小さく息を吐いた。

仕方ない。本格的に夜が深くなる前には調査を終えたいし、ここはクレル様の好きにさせてあげよう。多少歩きにくくはなるが、クレル様との距離が近くなるのならば、妥協できる。

　クレル様が乗っていた車椅子を背後に回した。

「すまない、キアナ。車椅子を頼む」

「お身体が弱いのに、大丈夫ですか？」

「こう言い始めたら聞かない人なんだ。傍には俺もいるし、大事にはならん……じゃあ、遅くならないうちに戻る」

　そう言い残し、俺は右手に持っていたランプを前に翳す。ホヤの中で燃える炎の光で周囲を照らしながら、修道院の廊下を進んだ。

　無人の建物内には靴音や声がよく響き渡り、自分が発したものにも拘わらず、とても不気味に感じられる。陽が沈むだけで、ここまで雰囲気が変わるものなのかと驚いてしまうくらいに。昼間に同じ場所を歩いたとは、とても思えない。

　自分から歩きたいとは思えない場所だ。

「はぁ……一人だったら、絶対に無理です」

　俺の腕を力強く抱きしめながら歩くクレル様の言葉に、俺は『でしょうね』と返す。

「そもそも滅多なことがない限り、クレル様が一人で出歩くことはないでしょう」

「そうですけど……もしも一人だったら、と想像してしまいます」

「どうなるか、簡単に予想できますね」

きっと、泣き叫びながら誰もいない廊下の真ん中に座り込み、意味のない謝罪を繰り返して助けを求め続けることだろう。流石に、クレル様のそんな姿を見たら心が痛む。今後、クレル様は俺がいないところで暗闇を歩くことは禁止にしよう。

クレル様の禁止事項に新たな文言を刻みつつ、俺は注意深く周囲に意識を向け、異常な箇所がないかを調べる。既に歩き始めてから五分ほどが経過しているが、今のところ気になるようなところはなし。不自然にマナが漂っているとか、妙な細工がされている場所があるとか、そういったものは見受けられない。キアナに聞いていた心霊現象も起きず、現状はただ夜の修道院を散歩しているだけだ。

本当に幽霊がいるのならば、そろそろ怪奇な出来事が起きてもおかしくないんだが……これは期待外れか？

やや残念に思いながら、俺とクレル様は曲がり角を曲がる――と、その時。

「ひぅ――――ッ!!」

突然、付近の窓がガタン！　と大きな音を立て、それに驚いたクレル様は抱きしめていた俺の腕を力強く引っ張った。相当怖がっているらしく、抱えられた腕から彼女の加速した心臓の鼓動が伝わってくる。

雷で怯える子犬みたいだな、可愛い、好き。庇護欲を掻き立てられながらクレル様に声をかけると、彼女はパクパクと口を動かし、涙目で俺を見上げながら捲し立てた。

「て、敵襲ですよッ！　早く魔鍵を召喚して腕を前から上にあげて大きく背伸びの運動をしないとッ!!」

「勝手に体操を始めないでください。風で窓が揺れただけですから」

「あ、足を戻して手足の運動……」

「なんで続けてるんですか」

ぐるぐるお目々で完全にパニック状態に陥ったクレル様の脳天に手刀を落とし、強制的に言葉……というか、奇妙な動きの体操を止める。本当、人はパニックになると意味のわからない行動をするものだな。特にクレル様は、それが顕著に見られる。

俺の軽い手刀を受けたクレル様は脳天を両手で押さえ『はっ！』と我に返った。

「あ、あれ？　次は深呼吸だったはずじゃ……」

「飛ばし過ぎ……というか、いきなり変なこと始めないでください。今は修道院を調査している最中なのですから。窓の音如きで怯えすぎです」

「だだ、だって……」

両手の人差し指を突き合わせ、もじもじとバツが悪そうにクレル様は言った。

「仕方ないじゃないですか……大きな音、苦手なんですから」

「その割に一番大きな音を出しているのはクレル様ですけどね。主に声ですが。危うくキスして口を塞ぐところで……いいですね、それ。今からやってみていいですか？」

「あ、あとにしてください！」

「冗談なのですが……」

あとなら構わないとか……軽率にそういうことを言わないでほしい。俺が感情と愛と欲望を抑えられなくて暴走したらどうするんだ。危うく責任を取って幸せな家庭を築いてしまうではないか。愛の巣を建てる土地を探しておかないといけないな……。

屋敷に戻った後の予定を追加し、俺はクレル様の肩を抱く。

「とにかく、神経が過敏になりすぎています。俺が傍にいるので、落ち着いて進んでください。調査はまだ、しばらく続きますからね」

「は、はい。その、足を引っ張りますが、よろしくお願いします」

「勿論です」

答えながらも、確かに歩く速度はかなり遅いな、と思ってしまった。通常の三分の一ほど、まるで鉄球のついた足枷をしているような速度だ。少しだけでも速く歩きたいところなのだが、クレル様に配慮しないわけにもいかず、必然的にこの速度で進むしかない。怖がりな彼女はこれでも、精いっぱい歩いているのだから。

調査が終わるのは、日付を跨いだ後だろうな。

そんな確信を抱きながらも、俺は感情を一切表に出すことなく、クレル様の歩幅に合わせてゆっくりと、着実に進み続けた。


その後も修道院の中をじっくりと、時間をかけて細かな部分まで調べたのだが、特におかしなものは見つけられなかった。廊下だけではなく、食堂や準備室、学習室など、手当たり次第に入っては調べたものの、怪奇現象の元になりそうなものは存在せず。ただ暗くて不気味、居心地が悪いということを実感するだけに終わった。

まもなく調査開始から一時間半が経過しようとしているが、成果もないため、ただ無駄な時間を過ごしているという他ない。予定ならば、今頃全ての部屋を調べつくして客室に戻っているところなのだが……人生とは、いつも上手くいかないものだな。

甘くない現実を噛みしめながら調べていた部屋を出た時、クレル様がとても疲れた様子で俺に言った。

「も、もう十分なんじゃないでしょうか？　結構、見て回ったと思いますけど……」

怖いのでもう終わりましょう、と視線で訴えかけてくるクレル様は、ぐったりとした様子で体重を完全に俺へと預ける。苦手な暗所に長時間滞在すれば、身も心も疲弊するのは当然のこと。そろそろ、彼女の限界が近いらしい。

時間だけを考えれば、そろそろ戻ってもいい頃だろう。だが残念なことに、クレル様の歩く速度があまりにも遅いので、調査はまだ半分程度しか進んでいない。亀のような速度で歩いていれば、進まないのは当たり前だ。

まだ調べる箇所がたくさん残っているので、ここで帰るわけにはいかない。俺はクレル様の背中を擦りながら、彼女にとっては残酷な事実を告げる。

「早く帰りたい気持ちはわかりますが、今のペースですと、あと一時間は確実にかかります。今の俺たちは常人の七分の一くらいの速度で歩いていますからね。流石に半分以上の範囲を残して帰るわけにはいきません」

「そ、そんな……私はもう、色々と限界を迎えつつあるのですけど……」

「それは――あぁ、大丈夫ですか？」

自分の状態を伝えたクレル様は、絶望を顔に張り付け『もう駄目……』と、その場に座りこんでしまった。端整で美しい顔には、色濃い疲れが見て取れる。

この辺りが限界か。

これ以上の続行は危険、クレル様の身体に異常をきたすかもしれない。依頼の解決は重要なことではあるが、愛する主の身体を壊してまですることではない。ここはクレル様の身を第一に考え、中断するべきだろう。

相当頑張ったほうだ。よくここまでついて来てくれた。これ以上を求めるのは、酷というほどに。

方針を決め、俺はクレル様の肩に手を添えた。

「わかりました。では、客室へ戻りましょうか」

「え、いいんですか？」

「これ以上、クレル様の心身に負担をかけるわけにはいきません。依頼の解決も大事ですが、俺にとって一番大事なのはクレル様ですから」

微笑み言うと、クレル様は俺の胸に額をこつんと当てた。

「……すみません。面倒な主人で」

「何を今更。さぁ、早く戻って――」

バチッ。

不意に耳元で聞こえた音に、俺は言葉を止めた。今まで聞こえていた自然音とは明らかに違う、異質なもの。小さいが、今確かに、何かが弾けるような音が俺の鼓膜を揺らした。

常人であれば気のせいかと流してしまうような、本当に微かな音だ。誰に言っても気のせいだと言われるに違いない。

だが、俺にはわかる。今の音は自然発生した無害なものでも、気のせいでもない。今のは——俺が常時展開している不可視の防御障壁にマナが、魔法が接触した際に発生するものだ。

「ここでか」

「え、ロート——わっ！」

手にしていたランプをクレル様に投げ渡し、俺は空中に浮かせていた守護盾鍵を手に取る。次いで、クレル様の手を引いて立ち上がらせ、彼女の肢体を抱き寄せた。

「申し訳ありません。戻るのは、もう少し後で」

「……何があったんですか？」

「外部からの攻撃……とは言えませんが、少なくとも俺の防御障壁が何かを感知しました」

「！　ということは……」

途端に、クレル様は再びガタガタと身体を震わせた。多分幽霊が現れたと思っているのだろうが、今は詳細を説明している余裕はない。今の反応が何だったのか、確かめなければ。

　そのままの姿勢を維持した状態で周囲に意識を向け、索敵すること十数秒。奇襲に遭った際の退避ルートを考えるために現在地を脳内で確認した時、ふと、とあることに気が付いた。

「ここは……礼拝堂の近くか」

　今いる場所からすぐ近く、僅か数メートルほどの距離に、昼間キアナと初めて会った礼拝堂の大きな扉を見つけた。書庫からはそれなりに距離があったはずなのだが、いつの間にか、ここまで来ていたらしい。いや、どれだけ遅いとはいえ、一時間半もあれば到着するのは不思議ではないか――と。

「！」

　礼拝堂の大扉。その上部にとあるものを見つけ、俺は反射的にクレル様へと尋ねた。

「クレル様。我儘を言ってしまい申し訳ないのですが……少しだけ、礼拝堂の中を見ても？」

「……中を見たら、帰りますか？」

　念を押して確認するクレル様に、俺は頷きを返した。

「はい。何もなければ、すぐに」

「何かあったら調査を続ける、ということですよね……」

「多少は調べますが、長居はしません。そうですね……十五分以上滞在しないことをお約束します」

それだけあれば、十分に礼拝堂内を調べることはできる。先ほどまでは万が一を考えてマナを温存するために必要最低限の魔法しか使っていなかったが、礼拝堂内では幾つも同時に使用し、調査することにしよう。調べるだけなら、五分もあれば終わる。

俺の提案を聞いたクレル様は少しの間を空けた後『わかりました』と了承した。

「多分、ロートは駄目と言っても聞かないでしょうし、私にはこの答えしか残されていませんから」

「ありがとうございます」

「そ、その代わり、できるだけ早く終わらせてくださいね？」

「善処いたします」

聞き分けの良い主人に一礼し、俺はすぐに礼拝堂の大扉へと近づいた。

重厚で硬質な扉は事前に聞いていた通り、施錠されている。押したところで開くことはなく、鍵がなければ立ち入ることができないだろう。

しかし、そんな小手先の防犯など無意味。俺は自他共に認める超一流の魔法士であり、どんな状況であろうと切り抜ける知恵と力を持ち合わせている。鍵で施錠された扉を開くことなど、造作もないことだ。

俺は右手に持った守護盾鍵の先端で、装飾の施された鍵穴を軽く小突く。途端、ガチャリという音が響き渡り、いとも簡単に扉の鍵は開かれた。

「では、中に入りましょうか」

「今更ながら、勝手に入ってもいいんですか？」

「必要なことですので、ご理解を。これも依頼を解決するため、で――……は？」

クレル様に言葉を返しながら、両開きの扉の片側を開け――中を見た瞬間に思わず、そんな呆然とした声を零した。

なんだ、これ。

眼前の光景に驚き、数秒の間、その場に立ち尽くしてしまう。後ろから続いて堂内を見たクレル様も『なんですか、これ……』と、俺と全く同じ反応を見せた。

――礼拝堂の中は、赤い靄で満たされていた。

視界を埋め尽くすそれの正体は、可視化するほどに濃密なマナ。手元のランプや燭台の蝋燭に灯された火の明かりは、マナの色を鮮明に映し出す。なるほど、扉の隙間から漏れ出ていたのは、これだったわけだな……。

詳しく調べるため、俺は不気味な色に染まった堂内へと足を踏み入れる。

「正直、こんな光景が見られるとは思っていませんでした」

「あの、ロート。こういうことって……自然に起きうるんですか？」

クレル様の問いを、即座に否定する。

「あり得ません。マナは本来この世界に存在しないものであり、発生させるためには魔法士の存在が必要不可欠になります。つまり、これは何者かが人為的に起こしたということになる。それが一体誰なのかは不明ですが……少なくとも、先ほどまで何者かがいたことは確かなようです」

マナをかき分けて進み、俺は壁際の燭台に置かれた蝋燭に近付いた。先端に火が灯っているそれはまだ新しく、微かに消耗されている程度で多くの蝋がまだ残っている。このまま放置すれば、あと数時間は優に燃え続けるだろう。

となれば、礼拝堂の中を膨大なマナで満たした人物は、先ほどまでここにいた者ということになる。何の目的でここにいたのかは、定かではないが……とにかく、何か手がかりになるものが残されているかもしれない。今は、それを捜そう。

　机の下、長椅子の脚元、壁の彫刻や像の裏など、目につく場所をくまなく捜して回る。これだけのマナが充満していると、探知魔法の類は一切効果を示さない。なので、今は自分の五感だけが頼りとなる。場合によっては、第六感も。

「う〜ん……よく、見えないですね」

「視界が常に悪い状況ですから。ただ、文句を言っても見つかりませんので——ん？」

　キョロキョロと落ち着きのない様子で周囲に視線を飛ばしているクレル様に答えた時、俺は気になるものを見つけて捜索の手を止めた。

　目に留まったのは、女神像の足元に敷かれていた絨毯だ。何の変哲もないものであり、事実、それ自体に何かがあるわけではない。

　着目したのは、絨毯の下。

　その場に膝を折った俺は敷かれた絨毯を捲り、直後、隠されていたものに目を見開いた。

「これは……扉、か？」

　絨毯の下に隠されていたものは、地下に続くと見られる扉だった。縦横一メートル程度の正方形をしており、外観はその他の床と全く同じ。注意して足元を見なければ気づくことはないだろう。ランプの光を反射した金属の鍵穴を見つけることができたのは、本当に偶然だ。運が良かったとしか、言いようがない。

約束した十五分は迫(せま)っている。早速鍵(さっそくかぎ)を開け、扉を開けるとしよう。

大扉と同じように守護盾鍵(プロキオン)の先端で鍵穴を小突いて解錠(かいじょう)し、ランプを床に置いて取っ手を掴んだ――その時。

「あ、開けるんですか……？」

不安そうに、クレル様は俺に問うた。

今、彼女が胸に抱(いだ)いている気持ちはよくわかる。怪(あや)しげな扉の先に何があるのかわからない不安と心配、そして得体の知れない恐怖心(きょうふしん)。できることなら、このまま扉は開けずに帰りたい。と、そんなところか。

彼女の要望に応えてあげたい気持ちは、勿論ある。俺だって、何もクレル様を怖(こわ)がらせたいとは思っていない。これまでで十分、怖い思いはしているだろうから。

しかし、この礼拝堂に起こっている異常事態を鑑(かんが)みた時、この扉はどうしても調べる必要があるのだ。

「……この扉の先から、ここ以上に濃密で膨大なマナを感じます。恐らく、発生源がこの先にあるのでしょう。であれば、見ておかないわけにはいきません」

「でも……」

「大丈夫です。何も中に入るわけではありませんから。扉を開けて中を少し見たら、帰りましょうね」

「…………わかりました」

小さな声で返したクレル様は俺の背後に回り、俺の背中から前に腕を回した。調べるのは構わないけれど、自分は見ない、ということらしい。

そんな可愛らしい行動をした主に、俺は顔を綻ばせる。

嫌なことなのに、よくここまで頑張ってくれた。これは暫く……今後一週間程度は普段以上に甘やかしてあげなくてはならない。努力には対価、褒美が必要だからな。

頑張ってついて来てくれたクレル様に感謝しつつ、俺は止めていた手を持ち上げ、ゆっくりと扉を開いた。

「……何も、ない？」

ランプを翳しながら下に続く穴を覗きこみ、俺は拍子抜けした声を零した。

ここから見える範囲ではあるが、地下には気になるものは何もなかった。辛うじて下りるための梯子は見つかったものの、それはあって当然のようなもの。その他には礼拝堂よりも濃いマナが充満しているくらいか。原因と思しきものは、少なくともここからは確認できない。欲を言えば梯子を下ってみたいが、流石にそれはクレル様の精神が持たないので断念。

どうやら、現時点ではこの場所から得られる情報は何もないらしい。

危険なものは何もないことを確認した俺は、背中から抱き着いているクレル様に声をかけた。

「クレル様。残念ながら、特に何もありませんでした」

「ほ、本当ですか？　嘘、ついてないですか？」

「ついていません。信じられないなら、見てください」

「……」

促すと、クレル様は恐る恐る俺の背中から顔を出し、ゆっくりと地下を覗き込んだ。

暗いだけの何もない空間を覗くクレル様から目を離し、俺は宙を漂うマナを見つめながら思案する。

このマナの発生源が地下にあることは間違いない。濃密なマナがあるということは、生成されてから間もない証拠でもあるから。地下に下り立ち、より濃密なマナが浮遊している方向へ進めば、きっと大元に辿り着くことができる。

問題なのは、クレル様がいるということ。先に進むためにはクレル様を別の安全な場所に移動させ、尚且つ彼女が眠っている時でなければならない。起きている間に俺が傍にいないと、彼女は不安で母親を求める子供のようになってしまうので。

それらの事情を全て考えると、クレル様が眠っている間に一人で調べる他にない。完徹しなければならないが、まぁ、一週間までなら許容範囲だろう。

今後の予定を手早く決定し、早速クレル様を連れてキアナの待つ書庫に戻ろうと、彼女に促す。

「戻りましょうか。これ以上は……クレル様？」

「……」

クレル様は俺の呼びかけにも応じず、地下の一点をジッと見つめたまま硬直している。信じられないものを見たような、そんな様子だ。

何か、気になるものでも見つけたのか。そんな興味を引くようなものは見当たらなかったはずなんだが……子供は霊が見えるという、あれか？

首を傾げつつ、俺はクレル様が見つめる先に目を向け――すぐに気が付いた。

暗闇の中に、白い人影が立っていた。

顔は確認できない。背丈や体形もよくわからない。ただ、それは間違いなくこちらを見ていた。ジッと、目を逸らすことなく、俺たちと同じようにこちらを観察している。得体の知れない何かの視線に、肌が粟立つ感覚が全身を駆け抜ける。

まさか、本当に幽霊が？

警戒心と好奇心から、俺は全体像を認識しようと目を凝らす。が、それは瞬きをした一瞬の間に、忽然と消えてしまった。

消滅したのか、はたまた逃げたのか。

見失った俺は反射的に後を追おうと腰を浮かせる。しかし、

「こごぽこぉぉ……」

「！　クレル様ッ！」

正体不明の不気味な存在を見たことがとどめになったらしい。クレル様は珍妙極まりない声を上げた後に意識を失い、俺は背後へ倒れこんだ彼女を慌てて抱き留める。白目を剥き、口から排出された魂らしき白い煙が天に向かって昇っていく。

先ほどの人影は、クレル様にとっては失神するほどの衝撃だったようだ。

こんな状態になるまで付き合わせてしまったことを申し訳なく思いながら、天に昇っていくクレル様の魂を掴んで強引に口の中に戻し、彼女を横抱きに抱える。

起きたら謝り、沢山甘やかしてあげよう。

そう決め、俺は閉じた地下への扉を一瞥した後、不気味な礼拝堂を後にした。

「――と、調査中に起きたことは、このくらいだな」

◇

失神したクレル様を連れて夜の修道院から戻った後の、午前一時。客室の一階に置かれたソファに座り、俺はキアナに調査の結果を報告していた。テーブルの上には、ホットミルクの入ったカップが置かれている。

「最初は特に何もなかったんだが、最後のほうは奇妙な出来事のオンパレードだったな。怪我をするようなことはなかったものの、クレル様が驚きすぎて失神した」

「た、大変だったみたいですね。皇女様はどちらに?」

「上の寝室で寝かせている。かなり無理をさせてしまったからな」

俺はクレル様が眠っている二階に続く階段に視線を向けた。この客室に戻る頃には穏やかな寝息を立てていたものの、時折、魘されていた。今頃は、嫌な夢でも見ているのかもしれない。本来であれば一晩中寄り添い、手を握ってあげたいところではあるのだが……まずは起きたことをキアナに話さなくてはならなかったのだ。これが済んだら、すぐに上に行くとしよう。

カップを手に取り、ホットミルクを飲みながら、キアナは難しい表情をした。

「それにしても、礼拝堂がそんなことになっているなんて……驚きです。全然気づきませんでした」

「だろうな。すぐに露見(ろけん)するような昼間に礼拝堂をあんな状態にするわけがない。悪いことはバレないよう時間と場所を選んでやるものだ。あの時間帯に礼拝堂に入る奴はいないだろうし」

「あの、自然に発生したという線は？」

「それはありえない」

即答(そくとう)し、俺は理由を求めるキアナに説明した。

「この世界に元々存在しないマナを発生させる方法は、魔鍵と契約(けいやく)している魔法士が放出するか、具象化して世界に留(とど)めた魔法を霧散(むさん)させる他にない。しかも、あれだけの濃度(のうど)と量ともなれば……少なくとも第四天鍵(マハノン)の魔法士数十人分に匹敵(ひってき)するだろうな」

「えっと……すみません。あまりよく理解できなかったのですが……」

「要するに、マナは魔法士がいなければ世界に生まれないということだ」

確実に、礼拝堂に膨大なマナを解き放った者がいる。そこに間違いはない。

ただ、現地では明確な証拠を得ることはできなかったので、これからはキアナに幾つかの質問をし、そこから得られた情報をもとに推測することになる。

「キアナ。修道院の中に魔法士はいるか？」

「う～ん……少なくとも、私の知る限りではいませんね。いたとしても、多分誰にも言わないんじゃ……」

「確かに、魔法士であると知られたら悪目立ちするだろうからな」

魔法士が目立つメリットは、ほとんどない。相当な目立ちたがり屋であるのならば話は別だが、何か悪い目的を持っているのならば、その時まで隠すはず。

一つ目の質問は駄目。では、次だ。

「女神像の下に地下へ続く扉があったが……あの先に何があるか、知っているか？」

入ることはできなかったものの、先に続く道のようなものは確認できた。クレル様に止めを刺した白い人影が出現した場所には、一体何があるのか。ここで暮らしている修道女であれば、何か知っていてもおかしくはない。

純粋な疑問から尋ねたのだが……キアナはバツが悪そうに目を泳がせた。

「えっと、です、ね……」

「ん？　何か言えないことでも？」

「い、いえ！　そういうことではないんですけど……誰にも言わないでくださいね？」

「？　約束しよう」

よくわからなかったが、他に話す人もいないので了承する。と、キアナは数拍の間を空けた後、誰にも聞かれないよう声量を落として告げた。

「礼拝堂の地下にはですね……納骨堂があるんです」

「納骨堂？　それは初めて聞いたな」

「関係者以外には公開されていないことですからね。この修道院は元々、地下の納骨堂の上に建てられたものなんですよ」

その事実に、やや驚いた。

確か、修道院……いや、礼拝堂は初代神父が夢でお告げを聞いたことで建てられたという話だったはず。納骨堂の上に建てろ、なんて神は一体どんなお告げをしているのか。

そんなことを考えたが、何百年も昔のことなので、今更何も言えない。

余計な思考と文句を振り払い、俺は一度自分のカップに口をつけた。

「地下に納骨堂なんて……益々曰く付きな修道院だな、ここは。霊の一つや二つは出ても不思議じゃないように思える」

「アハハ、私もそう思いますね。ただ、この場所は神に力を与えられた洗礼者によって清められていると言われているので、幽霊なんて出るわけがない、と考えている人が大半です。私は……幽霊が出るほうを信じていますけど」

「被害に遭っているわけだからな」

事実、俺たちも奇妙な人影を見た。あれが本物の幽霊だと断言することはできないが、少なくとも奇妙な出来事は起きている。洗礼者の清めは不十分だったのではないか。ちゃんと仕事しろ。

という文句は胸に仕舞い、俺は今後のことを考える。

「時間経過と共に礼拝堂のマナは消滅するだろうが、原因を放置するわけにはいかない。耐性のない修道女があれだけのマナを吸ったら、大変なことになる」

「え、マナって身体に悪いんですか？」

「あぁ。少量であれば問題はないが、あれだけ濃密で大量だと危険だ。魔鍵と契約している魔法士はある程度の耐性を持っているが、一般人にはそれがない。修道院内に充満することになれば、それこそ大惨事になる」

魔法士は魔鍵と契約を交わした時点で、身体がマナに順応するようになる。魔法を扱う上で、マナは必須だからな。ただ、それでも他者の濃密なマナを大量に吸い込むと、幾ら魔法士とはいえ、害が出る。魔法がうまく発動できないだけではなく、意識を失うことにもなりかねない。

俺の防御障壁は外部からの害から身を守る力なので、問題なく行動できたが、通常の魔法士ではまともに動くことすらままならないはず。

だから、自由に動ける俺がいる間に解決するべきだ。

「どうするおつもりですか？」

キアナの問いに、俺は客室の扉に顔を向けて答える。

「これから地下に行って、原因を捜してくる。クレル様がいると、自由に動けないからな。今なら彼女は寝ているし――」

「それは絶対にやめたほうがいいですよ」

俺の言葉を遮り、キアナは忠告した。

「あの納骨堂、とても入り組んでいて迷路みたいになっているんです。ここの修道女でも迷子になることがありますから、道を知らない人が一人で行けば、帰って来られないです」

「修道女はあそこに入るものなのか？」

「時折、ですけどね。私も数回だけあって、地下にある祭壇にお花などを供えに行きました。その時も、あやうく迷子になるところでしたよ」

「……いや、しかしな」

忠告を受けた俺は両腕を組み、悩んだ。

迷路になっていることは理解した。迷う可能性が高いので、一人で行かないほうがいいということも。しかし、そうなると納骨堂を調べること自体できなくなる。まさかクレル様を納骨堂なんて場所に連れて行くわけにもいかない。失神するどころか、パニックになって本当に隕石を落とすことになるぞ。全部壊せば解決なんて、バッドエンド以外のなにものでもない。ただ、彼女をここに残して行くこともできないし……困ったな。良い案が全く思い浮かばない。この感じだと、このままどれだけ考えても全てを解決する方法は浮かばないだろうな。

これまでの経験からそう考え、俺は一旦納骨堂のことを頭から離した。代わりに、帰り際から考えていたことを伝えるため、キアナに尋ねた。

「キアナは明日、予定は空いているか？」

「え？　はい。明日は礼拝の演奏もないので、時間はありますよ」

「なら、明日少し付き合ってほしい」

「へ？」

俺の言葉を聞いたキアナは大袈裟な瞬きを数回繰り返した。はて、何かおかしなことでも言っただろうか。彼女の反応を訝しげに思いながら自分の発言を思い返すと、呆然としていたキアナは少しだけ顔を赤らめて両手を振った。

「えっと……ご、ごめんなさい。気持ちは嬉しいんですけど、私、初めてのデートは好きな人とするって決めているので――」

「違う」

そういうことかと思いつつ、俺はキアナの変な勘違いを否定した。

「疲弊したクレル様をリフレッシュさせるために、レベランを散策しようと思っている。だが、俺たちはこの街についてほとんど知らないから、在住者であるキアナに案内をしてもらえると助かるんだ」

「あ、そういう……ごめんなさい。変な勘違いしちゃいました」

「全くだ。俺にはクレル様という神が創造した最も美しく可愛らしい主人がいるのに、他の女性をデートに誘うわけがないだろう。俺がクレル様から他の女性に目移りすることはない。クレル様が私室の机に隠しているちょっと恥ずかしい日記を賭けてもいい」

「勝手に賭けていいんですか？」

「彼女はチョロいから、額にキスをすれば許してくれる」

羞恥に顔を真っ赤に染めながら怒る姿が目に浮かぶ。ついでに、俺が謝り額に口づけした後、だらしなく頬を弛緩させているところも。イメージの中でもつくづくチョロいお姫様だな。可愛い。好き。心の中の愛が溢れそうなので、彼女が起きたら十回くらい告白しよう。

「あの～ロート様？」

「！　悪い、少し考え事をしていた」

思考に耽っていたことを謝罪し、俺はキアナに確認した。

「で、明日の案内役を引き受けてくれると、こちらとしては嬉しいんだが……」

「問題ありませんよ。明日はバッチリ、おすすめのところをご案内させていただきます！」

「悪いな」

「いえいえ！　こちらは依頼を解決してもらっているわけですし、これで少しでもお返しができるなら喜んでやりますよ。私も久しぶりの外出で、楽しみです！」

笑顔で快諾してくれたキアナに、俺はホッと息をついた。そう言って貰えると助かる。

俺とクレル様が二人で行けば、色々と大変なことになりそうだったからな。具体的には、クレル様が再び目についたスイーツを爆食いするとか。事前に調べてはおくが、それでも『食べるまで分かりませんよ！』と頑固さを発揮するに決まっている。その点、キアナがいれば現地の人間ということもあり、少しは納得して引き下がってくれるはずだ。

「では、明日の十一時にここへ来てくれ。そのくらいの時間なら、クレル様も起きているはずだ」

「わかりました。じゃあ……私は部屋に戻りますね」

　カップの中身を飲み干し、キアナは自室に戻ろうとソファから立ち上がる。が、俺はそんな彼女を呼び止めた。

「悪い。肝心なことが、まだ一つ」

「はい？　肝心なこと、ですか？」

「あぁ。キアナが悩んでいる、不可解な現象についてだ」

「！」

　話題に興味を示したキアナが再びソファに座り、俺は話を続けた。

「俺が今回の調査で耳にしたのは、何かが弾ける、衝突するような音だった。当然、周囲にはそんな音が鳴るようなものは存在しなかったわけだが……音の正体は、俺が展開している防御障壁に何らかのマナが衝突して発生したもの。礼拝堂の近くだったので、恐らくそこから漏れ出たものだと思う。で、だ」

　両手を組み、俺は自分の推測を語った。

「勝手に物が動いたり、声が聞こえたりする理由はわからない。が、音の原理は俺に起こったのと同じなんじゃないかと考えている」

「同じ、ですか」

「あぁ。キアナ、お前は……」

キアナの赤い瞳を見つめ、問う。

「魔法士、なのか？」

「……」

沈黙したキアナは、少し俯く。

可能性は十分以上にあることだろう。守りに特化している魔鍵は、何も俺の守護盾鍵だけではない。彼女が守りの魔鍵を持つ魔法士であり、自分が気づかないうちに魔鍵によって害から護られていた、というのが事実なのであれば辻褄が合う。

さて、答えは如何に。

返事を待つこと十数秒。やがて顔を上げたキアナは、左右に首を振った。

「私は、魔法士じゃないですよ。記憶にある限り、魔鍵と契約したことはありません」

「……魔鍵に触れた経験は？」

「ないですよ。魔鍵に触れる機会なんて、今までありませんでしたから。……ただ」

「ただ？」

言葉の続きを促すと、キアナは目を細め……何故か、苦虫を嚙み潰したような表情をした。

「私の父親は、魔法士だったそうです」

「……」

何か、思うところがあるような言い方と口調。過去形ということは、既にキアナの父親は亡くなっている、もしくは行方不明。どちらにせよ、彼女とは連絡がつかない状態なのだと推測できる。

何か、父親との間に軋轢でもあるのかもな。

事情はとても気になったが、他人の家族関係を迂闊に聞くわけにはいかない。だが、もしもそれが、彼女の身に起きている現象に関係があるのであれば……。

そう思ったが、それを言葉にする前にキアナは立ち上がり、扉のほうへと歩いていく。ドアノブを掴んでこちらに振り返った彼女は、先ほどまでの暗い表情ではなく、微笑に変わっていた。

「では明日、予定の時間にここへ来ます。ロート様も疲れていると思うので、しっかり休んでくださいね。では、おやすみなさい」

「あ、あぁ。おやすみ……」

一礼するキアナに手を振ると、彼女は音を立てないように気を配りながら客室を出た。

一人残された静かな部屋。時計が音を刻む音に耳を傾け、使った食器類を流し台へと運ぶ。

俺も移動の疲れがあるので、少しでも眠るべきだ。やることを全て済ませたら、クレル様の様子を見て、休むとしよう。

そう考え、俺は行動に移るのだが……何をしていても、キアナが最後に見せた表情が頭から離れなかった。

第三章　親の愛を子供が受け入れるためには、長い時間が必要である

「昨晩の記憶が曖昧です……」

翌日の午前九時。客室の一階で朝食のパンを齧りながら、クレル様は眠そうに瞼を半分に閉じたままそう言った。

昨晩は何時間も精神的に苦しい場所にいた上、眠っている時も魘されているような声が聞こえたので、てっきりブルーな気持ちで起きてくると思ったんだが、見たところ気分が落ちているような様子はない。悪夢に絶叫しながら起きてくることも想定していたが、これは嬉しい誤算だった。もしかしたら、あまりの恐怖に防衛本能が働き、記憶が削除されたのかもしれない。何にせよ、トラウマになっていないようで良かった。あと寝起きのクレル様可愛すぎる。可愛いは人を殺すことができると知らないのだろうか？

甘いココアをカップに注ぎ、差し出す。

「詳細は省きますが、昨晩のクレル様は立派に任務をこなしておられました。恐怖しながらも前に進むお姿には、俺も脱帽しております」

「はい。ただ、できればもう少し優しくしていただきたかったです。あまり激しいと、俺の体力が持ちませんので」

「私はロートに何をしたんですか!?」

「冗談でございます」

これだけ元気ならば、何の心配もなさそうだ。

クレル様がいつも通りであることを喜びつつ、俺は昨晩の修道院で起きた出来事を大まかに説明した。

キアナが悩まされている謎の音が発生したこと、礼拝堂の中には大量発生した謎のマナが充満していたこと。そして、女神像の下には地下に続く隠し扉があったこと……などなど。

正直に言えば、これだけの事が起きるとは思わなかった。精々、キアナから相談を受けた現象が一つや二つ、観測できればと思っていただけに、俺も驚きを隠せない。

怪奇現象と呼ぶに相応しい出来事の数々を聞いたクレル様は、ココアの入ったカップを両手で持ちながら身震いした。

「記憶がなくて本当に良かったです……。それに、よく長時間耐えたと自分を褒め称えたいですね」

「終始干からびた蛙が池に戻ろうとするくらいの速度で進んでいましたが」

「よくわからないけど確実に私を貶していることだけはわかるたとえを使わないでください」

「おっそい」

「だからって直接的に言わないでください！」

「我儘ですね」

　子犬のように吠えたクレル様に苦笑し、俺は様々な果物に包丁の刃を滑らせた。朝からこれだけ元気ならば、肉体も精神も疲労が取れているように思える。が、だからと言って油断してはならない。昨晩のクレル様は確実に心身共に酷使していたので、気分転換、リフレッシュが必要である。

　俺はクレル様にカットした果物を載せた皿を差し出しながら、昨晩計画したことを彼女に伝えた。

「今日は少し、レベランの街中を歩きましょう」

「……で、デートですか？」

　期待に目を輝かせながら、クレル様はそわそわした様子で俺に問う。即座に『今夜は寝られないと思ってください』と返したいところなのだが、残念ながら出かけるのは俺一人だけではないのだ。

「デートと言いたいところですが、今回は違います。キアナに案内を頼んでおりますので」

「あ、そうなんですね……べ、別に期待していたわけじゃないんですからね！」

「なんでいきなり変なキャラ付けしたんですか」

　不覚にも可愛いと思ってしまった。いや、不覚ではないな。いつもクレル様のことは可愛いと思っている。ここはいつも通り可愛い、と言うべきだろう。彼女が可愛くない時なんて、一秒たりとも存在しないので。

　空になった皿を重ね、俺は話の続きをした。

「キアナには十一時にここへ来るよう伝えております。プランに関しましては……彼女にお任せしているので、俺からは何も」

「確かに、現地の人が案内してくれると安心できますからね」

「はい。これでクレル様が手当たり次第にスイーツを食べまくった挙句に胃の中のものを全てぶちまける未来は回避できるかと」

「どんな心配しているんですか！　そんなことしませんよ！」

「クレル様が言っても説得力がないですよ。ポンコツなので」

昨日も俺が止めたのにも拘わらずクレープを爆食したからな。今日も、俺が目を光らせておかなければならない。本当に世話の焼けるお姫様だな。好き。

とにもかくにも、出かけることについてはクレル様も乗り気な様子。今日くらいは、のびのびと外出を楽しんでもらおう。

「街のパンフレットはこちらに御用意してありますので、行きたい場所があれば事前に目星をつけておくと良いかと。食だけではなく、色々な施設や観光スポットも掲載されておりますので」

「パンフレットなんてあるんですか？　流石は観光地ですね……」

俺の手渡したパンフレットを受け取り、クレル様はそれを開いて目を通す。

その邪魔をしないようそっと席を立った俺は、使い終わった食器類を流しへと運び、クレル様の身支度を整えるため、その場を後にした。

全ての身支度を整え終えた、午前十一時。約束の時間丁度に客室へと迎えに来てくれたキアナが俺たちに挨拶をした。

「おはようございます皇女様、ロート様」

おはよう……というには少し遅い時間ではあるが、とても快活な、元気さが感じられる清々しい声だ。それに、車椅子に座ったクレル様が片手を上げて微笑みと共に返す。

「おはようございます、キアナさん。今日はよろしくお願いしますね」

「はい。皇女様もご無事なようですし、しっかりとリフレッシュしてもらえるよう、ご案内させていただきますね！」

「無事、ですか？」

その言葉に引っかかりを覚えたのか、クレル様は不思議そうに復唱した。するとキアナは『はい』と頷き、その言葉を発した理由を説明する。

「昨晩、書庫へ私を呼びに来たロート様が『クレル様は驚きすぎて海岸に打ち上げられたクラゲになってしまった』と言っていたので、大丈夫かなと」

「ちょっとロートッ⁉」

「俺も愛しています」

「今はそんな答え求めてないですよッ！　ちゃんと説明してください！」

客室の扉に鍵をかける俺にクレル様は言い、若干怖……くない。超可愛く俺を睨んでくる。そんな目を向けられても全く動じないし、寧ろクレル様に対する愛情指数が爆上がりするだけだ。だが、それを言うと今後ああいう目をしなくなりそうなので心の奥底で押し留め、俺は車椅子のグリップを手に取り、歩き出しながら説明した。

「どうもこうも、昨晩の失神したクレル様を表現する最適な言葉がそれだっただけです。何かフニャフニャしていましたし」

「そんなはずないでしょ！　どう進化したら人がクラゲになるんですか！　もっと可愛い表現を頑張って探してください！」

「俺の中で可愛いの最上級はクレル様なのですが。クレル様がクレルったとでも言えばいいですか？」

「いや私で変な言葉作らないでくださいよ……と、とにかく、今後は誤解を招きそうなことを言うのはやめてください！」

「キアナ。時間も押しているから、早く修道院を出よう」

「無視しないでくださいよ！」

とても元気に喚くクレル様を無視――代わりに片手で手を握る――し、俺はキアナを促して歩く速度を上げ、早々に修道院を後にした。その間、クレル様は心底不満そうな表情で頬をリスのように膨らませていたのだが、俺が彼女の好きなところを二十個ほど囁いたら機嫌を戻してくれた。チョロすぎて心配になる。知らない人にはついていかないように言い聞かせておかなければ。

道端で乗客を待っていた馬車の横を素通りし、俺は車椅子を押しながら前を歩くキアナに尋ねた。

「行くところは決まっているのか？」

「はい。昨晩案内をお願いされてから、ある程度ではありますけどプランは考えさせていただきましたよ」

歩きつつこちらに振り返り、キアナはクレル様に目を向けた。

「結構、大変でしたよ？　皇女様はお身体が弱いので移動に時間がかかる場所は行けませんし、何よりご無理をさせるわけにはいきませんから、自然と選択肢は少なくなりました」

「そうですね。できれば短時間で到着できる近場だと、嬉しいです」

「はい。それに、事前にロート様から皇女様はスイーツを見ると自分の限界を考えずに食べ過ぎて紙袋が必要になるとも聞いているので、食事関係は可能な限り後に」

「そろそろ本気で怒りますよロート‼」

「クレル様。流石に望遠鏡でフランべはできませんよ」

「誰もそんなこと言ってないんですけどッ！」

クレル様はベシベシと音を立て、割と強めに俺の手を連打する。怒った飼い猫はきっとこんな反応をするんだろうな、なんてことを考えながら、抗議するクレル様に言い返した。

「万が一がありますので、多少大袈裟に言って対策をしてもらうべきでしょう。俺はクレル様の評判をこれ以上下げたくないのです」

「ロートの説明のせいで、一部の人からの評価が下がりまくってる気がしますけど？」

「その分、俺の貴女に対する好感度は上昇し続けていますから、プラスマイナスで言えばプラスですね。圧倒的に」

「自信を持って違うと言い切れないのが辛い……」

　俺の袖を指先で摘まみつつ、クレル様はそう言った。それはつまり相思相愛。他の有象無象からの評価が下がっても俺からの好感度が上がるほうが大事ということ。これはもう運命。赤い糸で小指が結ばれているどころか、全身をグルグル巻きにされて出荷されているレベル。神が結婚しなさいと言っている気がする。いや絶対に言ってるわ。

　和やかであり甘い二人だけの空気を醸し出していると、そんな俺たちを見ていたキアナが苦笑しながら言った。

「まぁなので、それらの条件にぴったりな場所に行こうと――」

　と、その時。

「あの、お花をどうぞ！」

背後から俺たちに近付いてきた幼い少女がそう言いながら、両手に持った数輪の青い花を手渡してきた。彼女の首からは、天使を模ったと思しき紋章が刻まれたネックレス。

この子は一体？　と、俺が少女を観察している間に、クレル様は渡された花を受け取り、微笑を浮かべて少女の頭を撫でた。

「ありがとう。とても素敵なお花……大切にするね」

クレル様の優しい声音と笑みでお礼を言われた少女は照れ臭そうに笑い、足早にその場から走り去っていった。

あの紋章、何処かで見覚えが……。

心当たりを探していると、クレル様が貰った花に顔を近づけて言った。

「見てください、ロート。とても綺麗なお花で、良い香りがします」

「本当ですね。ただ、どうしてあの少女は花をくれたのでしょうか」

小さい子供は大人が理解できない行動をするものだが、道を歩く見知らぬ人に花をあげることはしないだろう。となれば、何か他に理由がありそうなものだが……。

疑問を抱いていた時、不意にキアナが少女の走り去った方角を見つめながら答えた。

「今日はあの子たちの宗教――神降教会の祝日に当たる日なんだそうです」

「神降教会？　何ですか？　それ」

キアナの口から発せられた単語に聞き馴染みがなかったようで、クレル様は俺に説明を求めた。彼女とは対照的に、俺は『どうりで見覚えがあった』と納得の言葉を呟いた後、クレル様に説明した。

神降教会。数年前に世界各地で見られるようになった新興宗教の一つで、急速に信者を拡大している組織だ。断片的に調べた情報だと、信仰する神が現世に降臨するのを待っているとか、何とか。どういった神を信仰しているとか、組織形態とか、そういった詳しい部分はわからない。だが、俺の知る限りでは悪事などの噂はなかった。ここ三年くらいになって急に表へ出てきた宗教団体なので、実態がわからないだけなのだが。

「一部ではカルトとして信仰を禁じている国や地域もあると聞きます。まぁ、そういう場所は既に国教が定められているところでしょうが。ただこの街……カレアロンド皇国内にもいるとなると、布教に来ているのでしょうね。この国にいるとは思いませんでした」

「私も風の噂で聞いた程度ですけど、今は世界各地を廻っているそうです。信憑性は不明ですけど、飢饉が起きた村には多額の支援をしていたとか。まぁ幾ら善行をしていても、うちの修道院とは崇拝する神様が違うので、仲良くすることはできませんけどね」

ハハハ、とキアナは笑った。やはりというか、昔から宗教の違いは争いの火種になってきた。それは今も変わっていないことらしい。特に新興宗教は、いざこざの原因になりやすい。

噂になっている善行の部分だけを聞いて、クレル様は俺に問うた。

「？　良い宗教ってことですか？」

「とは言えませんよ。表向きは善行をしているように見せて、裏では非道を尽くしている組織は幾らでもいますから」

額面通りに受け取ることはできない。特定の団体が何かを支援する時、そこには何かしらの利害が発生する。宗教団体ならば、飢饉を救うことによって信者を増やすこと、とかな。少なくとも百％の善意だけではないだろう。

……見定める必要があるな。クレル様の愛するこの国にとって、害となる存在か否か。

「ロート？」

「失礼しました。少し、考え事を」

長考しそうになった頭を振り、思考をリセットする。

今は余計なことを考える時ではない。あくまでも、昨晩の疲労が残るクレル様にリフレッシュしてもらう時。これについて考えるのは、屋敷に戻ってからでも遅くはないはずだ。

頭の片隅に留める程度にし、俺は再び歩き出しながらキアナに尋ねた。

「ところで、何処に行くんだったか」

「あ、その話についてですけど……」

回答を求めた俺に、キアナは口元に人差し指を当て、言った。

「到着してからのお楽しみ、ということにさせてください。きっと、皇女様はとても気に入ってくださると思いますので！」

街中を歩くこと、十数分。

キアナに連れられてやってきたのは、小さな博物館のような建物だ。大通りから外れた人通りの少ない細い路地にあり、通りの賑やかさが嘘のように閑散としていた。

建物の入口扉の横には看板が立てかけられており、そこに書かれている文字は『オルゴール記念館』。その名前の通り、建物の中にはガラスケースに入ったオルゴールが幾つも並んでおり、また入り口にも拘わらず奥で奏でられているオルゴールの音色が微かに鼓膜を揺らしていた。

クレル様は並べられたオルゴールや天井から吊り下げられたシャンデリアを見回した。

「こんな場所があったんですね……」

「まぁ、確かにオルゴールも歴史の長い代物ですからね。こういうところがあっても、不思議ではないです」

数百年以上前から作られてきたものだ。それだけの歴史があれば、他にも博物館があってもおかしくない。世の中には意味のわからないヘンテコな博物館もあるからな。

俺もクレル様と同じように、オルゴールやシャンデリアなどに視線を向ける。と、丁度そのタイミングで、入館の受付を行っていたキアナがこちらに戻ってきた。その手には、三枚のチケット。勿論、事前に三人分の代金は渡してある。年下の少女に金を出させるほど、俺は不親切ではない。

キアナは手元のチケットを俺とクレル様に手渡した。

「受付してきましたよ～」

「あぁ、悪いな。本当は俺が受付に行こうと思ったんだが、クレル様から『できる限り女性には近づかないこと』と言いつけられているから」

「ま、万が一のことは、こういう小さな努力によって防がれるんですよ」

「俺はクレル様以外は眼中にないと日頃から言っているでしょう」

「問題なのは自覚なしに相手を落としてしまうことなんです！」

「ちょっと静かにして貰えます？」

子供に言い聞かせるように口元へ人差し指を当てる。ここは一応建物の中で、客はいなくとも職員がいる。大きな声を出すのはご法度だ。

「ぐ、ぐぬぅ……」

マナー違反であると理解したクレル様は、俺を上目遣いで睨みながらそんな声を上げた。

不平不満は、帰った後にたっぷり聞いてあげるとしよう。そう決めて展示室へと歩を進めると、クレル様が『それにしても』とキアナに話を振った。

「キアナさん、こんな穴場みたいな場所をよく知っていましたね。路地にはほとんど人がいませんでしたし、レベランの住人でもあまり知らないのでは？」

「そうですね。そもそも建物の裏手にある路地に入る人はいませんし、ここを知っているのは多くないかもしれません。けど、一部の人には人気の場所なんですよ」

オルゴールの音が近く、大きくなっていく中、キアナは少し上を見上げて続けた。

「私は小さい頃、母によく連れてきてもらったんです」

「お母様に、ですか」

「はい。手を繋いで、オルゴールの音色が響く展示室を見て回るのがとても好きでした。それは大きくなってからも同じで……」

そこで一度言葉を止めたキアナは、一呼吸を置き、無理矢理笑みを作った。

「嫌なことがあった時、頭の中を空っぽにしたくて、ここに来ていましたね」

そう言ったキアナの表情は、昨晩の客室を後にする時と同じものだった。嫌な過去を思い出している、浮かない表情だ。

「……？」

キアナの様子にクレル様も疑問を持ったらしく、小首を傾げて俺を見た。やはりここは、少し事情を聴いてみるべきか。彼女の父親は魔法士だったというし、今回の心霊現象に、間接的にも関わっている可能性がある。必要であれば、詳細も聞くことになるかもしれない。

無礼を承知で尋ねようと口を開いたが、声を発する前に、キアナは『展示室』と書かれた札の隣にある扉を開け、俺たちに中へ入るように促した。反射的に『ありがとう』と礼を告げ、俺たちは扉を通って中に入る。

展示室の中は、まさしくオルゴールの博物館といった光景が広がっていた。

中央付近に置かれた小さな台の上には様々な形状をし、装飾が施されたオルゴールが幾つも並んでいる。また、壁際にはオルゴールの制作過程、使用する部品などを細かく説明する場所が設けられており、解体した部品が一つ一つ展示されていた。

本来であれば、順路に沿って見学するのが正しい見方なのだろう。しかし、俺たちの視線はそれらの展示物ではなく……部屋の奥に設置された、大きなオルゴールに向いていた。

通常の数十倍はあろうかというそれは、今この瞬間にも美しい音色を奏で続けている。先ほどから聞こえていた音色は、あれのものらしい。礼拝堂で聞いたパイプオルガンとはまた違う、しかし同様に、心を安らかにしてくれる音色。

「この音は昔から変わらないなぁ……嫌なことを全部、忘れさせてくれる」

オルゴールの近くに置かれていた椅子に腰を落ち着けたキアナは、しみじみと呟く。や哀愁を漂わせる彼女に、俺は昨晩のことを思い返しながら、問うた。

「父親と、あまり良い関係ではないみたいだな」

「え？　……あ！」

慌てた様子で、キアナは口元に手を当てた。

「声、出てました？」

「思いっきりな。聞いてほしいのかと思うくらいには漏れていたぞ」

「あ、あはは……」

本人的には声が出ていないつもりだったらしい。これ以上ないくらい、はっきりと言葉にしていたけれど。

誤魔化すようにわざとらしい笑い声を上げたキアナはややあってから頷き、俺たちに話した。

「ちょっと複雑な関係なんです。ほとんど、会話をしたことすらないので、良い思い出も悪い思い出も無くて」

嫌な記憶を思い出しているらしく、キアナは深い溜め息を吐いた。

「本当に、自分勝手な人だったんですよね。時折フラっと帰ってきては、母と一言か二言、言葉を交わしてすぐに出て行っちゃう。娘の私に対する愛情なんて微塵も持ち合わせていない。勇気を出して話しかけても無視されて……睨みつけられたくらいですからね」

酷い話ですよね。と、キアナはできるだけ重苦しくならないよう笑った。

あまり、愛情に恵まれない幼少期を過ごしていたようだ。子供は常に親からの愛情を求めるものであり、それを貰えないのはさぞかし辛かったことだろう。また、大人と違って精神が未熟なため、嫌なことはトラウマとして心に残りやすい。父親という血の繋がった肉親から冷たく接されれば、深い傷になるのは当然。昨日の反応は、そういうことだったか。

「父は大変な仕事をしているから、あまり帰って来られないと母からは言い聞かせられていました。けど、実際は私のことを嫌って、帰って来なかったに違いありません！　そうじゃなかったら、あんな目を娘に向けたりはしないはずです」

ムスッとしながら言うキアナに、クレル様が頷いて共感を示した。

「凄く、わかります。私も実の父親である皇帝陛下から冷遇されていましたからね……無能が民衆の目に触れないようにと、皇宮の裏手にある塔の中に閉じ込められていました。結構トラウマになっています」

「え、そうだったんですか!? てっきり、庶民には想像もつかないような暮らしをされていたのかと……」

「私は皇族の恥晒しと言われていたので、特別に冷遇されていたんですよ。他の皇族は、多分豪華な暮らしをしていると思いますけど。なので、どちらかというと私は民衆に近い価値観を持っているんですよね」

「その割にポンコツで高い備品をすぐに壊しますが」

「余計なこと言わないで貰っていいですか？」

「御意」

割と強めの語気だったので、俺はそれ以上言うのをやめた。長年の経験から、ここは素直に手を引くべきであると判断する。俺のからかいはあくまでもクレル様が許せる範囲まで。本気で怒らせるようなことは、絶対にあってはならないのだ。そもそもクレル様の可愛らしい反応が帰って来ないのなら、毒を吐く意味などないのだから。

鋭く俺に牽制したクレル様は、キアナへと視線を戻した。

「今、お父様はどちらに？」

「それが、行方知れずになっているんです。元々帰って来ない人でしたけど、母も数年前に病死してしまったので、連絡も取れません」

「それは……その、ごめんなさい。辛いことを聞いてしまって」

クレル様が謝罪すると、キアナは慌てて両手を振った。

「いえいえ！　もう随分昔の話ですし、大丈夫ですよ！　それに、今は修道院に沢山の仲間がいますから！」

笑顔でそう言い、次いでキアナはクレル様の両手を手に取り『謝らなくていいですよ♪』と機嫌良さそうに言った。それを見て、クレル様も安堵の表情を浮かべる。

意外なところで二人の共通点が見られたな。全然嬉しくないし、盛り上がることもできない嫌な共通点だが。あと、皇帝陛下は今度会ったら膝蹴りを叩きこむとしよう。クレル様にトラウマを植え付けた罰だ。ありがたく受け取れ。

「そういえば」

皇帝陛下の何処を殴ろうかと考えていると、不意にキアナは俺に話を振った。

「ロート様って、いつから皇女様の執事をされているんですか？」

「今から四年と七十九日前だな」

「そんなに細かく……じゃ、じゃあ――」

そこでキアナは何気なく、世間話をするような口調で――こんな質問をした。

「皇女様の執事になる前は、何をしていたんですか？」

「――ッ！」

息を呑んだのはクレル様だ。彼女はキアナが俺に問うた瞬間、心配そうな目でこちらをジッと見つめた。こちらを気遣うクレル様の優しさに感謝しつつ、俺は微笑を浮かべて静かに目を伏せた。

俺の過去――クレル様と出会う前の俺が歩んできた人生。皇女という身分の御方に仕えている俺の過去を知りたいと思うのは、きっと普通のことなのだろう。彼女の専属侍従になると宣言した時は、皇宮のほうでは大掛かりな俺の身辺調査が行われたりもした。

きっと、キアナは純粋に気になっただけなのだろう。彼女は俺の事情を知らないし、相手のことを探ろうとする性格でもない。それは俺もわかっている。

けれど、残念ながら話すことはできない。こんな美しい音色が響く場所で話すには――

あまりにも、俺の人生は醜く残酷で、後味の悪いものだから。

「……悪いな。それについては、話すことができない。ちょっと訳ありなんだ」

「あ――その、すみません。変なことを聞いてしまって」

謝ったキアナは俯き、表情に反省の色を滲ませる。別に、そこまで思う必要はないんだがな。彼女はただ気になったことを聞いただけで、寧ろ、答えられない俺の過去に問題がある。

ただ、そうだな……一つだけ答えられることがあるとすれば。脳裏にそれを思い浮かべ、俺はクレル様を見ながら言葉にした。

「……俺はクレル様に、生きる希望を貰ったんだ」

唯一と言ってもいい、今の状況で語ることができる俺の過去。一言で終わるそれを聞いたキアナは『ほへぇ……』と何を思ったのかよくわからない声を発し……クレル様は、そわそわと落ち着かない様子で視線をあちこちに飛ばしていた。

「……なんだか、いつもと違う恥ずかしさがあります」

「それは照れているというのですよ、クレル様」

「照れてないですよ！　寧ろ、胸を張れるくらいには誇りに思って――」

「ええ、誇ってください。貴女は俺の人生を救ってくださったのです。本当に……この国で貴女と出会えて、貴女を好きになって良かった」

毒のない純度百％の愛の言葉を贈ると、クレル様は強がりが一瞬で崩れ去り『はぅぅぅ……』と赤面しながら両手で顔を覆ってしまった。やはりクソ雑魚。日常的に使うと効果が薄れるので使えないが、偶にこういう告白をするとクレル様はこんな感じになる。恥ずかしさと嬉しさが心の中でグチャグチャになっている、今の状態に。

それを見られたことに満足しつつ、俺は『さて』と手を叩いた。

「どうやら、この記念館では手作りのオルゴールを作ることができるそうですから、そこへ移動しましょう。ほらクレル様、いつまでも恥ずかしがってないで行きますよ。不器用さを晒すお時間です」

「誰のせいでこうなっていると――って、私は別に不器用じゃないですよッ！　ちょっと繊細な作業が苦手なだけです！」

「それが不器用というやつです」

俺の台詞に尚も反論してくるクレル様を完璧に言い負かし、キアナに『行こう』と促して、展示室を後にする。

その後、意外なことに細かい作業が苦手だということが判明したキアナと、予想通り小さなネジを折ったり歯車を紛失したりと色々なことをやらかしながらオルゴールを作るクレル様の二人を、俺は子供を見守る親の気持ちになりながら見守った。

「今日はとても楽しかったです」

太陽が西に傾き始めた、午後三時。修道院への帰り道を歩いている時、クレル様がとても上機嫌そうな声音で言った。

「普段はあんまり外出しませんけど、偶にはこうして外に出て遊ぶのもいいですね。凄く良い気分転換になりました」

「それは何よりです」

車椅子を押しながら、俺は満足そうなクレル様にそう返した。正直、今日の外出だけで昨晩の疲労が取れるとは思えないが、多少なりともリフレッシュできたのなら、この上ない喜びである。まぁ、クレル様の喜びは外出が楽しかったというよりも、さっき食べたケーキが一番の要因な気がするが。

「キアナも、今日は付き合わせて悪かったな」

隣を歩いていたキアナに言うと、彼女は『とんでもありません』と言って、片手に持っていた、手作りオルゴールが入っている紙袋を持ち上げた。

「私も凄く楽しかったので、寧ろお礼を言いたいくらいです。それに、皇女様とも仲良くなれましたから」

「フフ、もうお友達ですからね！」

キアナの言葉に、クレル様は嬉しそうに頷いた。記念館でオルゴールを作っている時から、二人の距離が縮まったような気がする。あの時の二人は皇女と民草ではなく、仲の良い友人同士のように見えた。特にクレル様は年齢の近い友人などできたことがなかったので、とても楽しそうで……思わず、俺も口元が緩んでしまった。そういう意味でも、今回の外出はクレル様にとって良い経験になったと言えるだろう。

「まさか、クレル様と馬が合う人間がいるとは思わなかったぞ。二人揃って十三回もネジをへし折った時は、本当に奇跡かと」

「む、昔から細かいことは苦手なので……」

「で、でも！　最終的には完成したのですから、いいではないですか！　もっとポジティブな言い方をしてほしいです！」

「…………伸びしろしかありませんね」

「思ってもないことを無理矢理言う必要はありません」

「滑稽でした」

「だからってそういうこと言わないで！」

ガルルッ！　と最近よく見られる威嚇をするクレル様。甘いな、俺の攻撃はまだ終わっていないのに。次の俺の行動に対するクレル様の反応を予想しながら、俺は彼女の耳元に口を近づけて囁いた。

「しかし、努力する姿はとても素敵でしたよ」

「………ありがとうございます」

長く美しい髪を人差し指に絡め、クレル様は俺から目を離す。今のクレル様を見れば、誰であろうと照れていると理解できる。相変わらずチョロい。そして、相変わらず可愛すぎる。

とにかく、クレル様の疲労回復は成功と言っていい。欲を言うのならば、今の上機嫌な状態で屋敷に戻り、ゆっくりと家の時間を楽しんでいただきたい。しかし、忘れてはいけない。今はあくまでも依頼解決の真っ最中。これから先も、疲れることは続くのだ。

クレル様の気分を害するようで心苦しく思いながらも、帰ったら修道院の調査について相談をしなければ。と、胸中で憂鬱になっていた時。

「あの、ロート様」

不意にキアナが呼び、俺はそれに応じる。

「どうした？」

「昨晩お話ししたことなんですけど……私に、ご案内させていただけないかと思いまして」

「！　それは、礼拝堂の地下についてか？」

俺の確認に、キアナは頷いた。

「昨日、部屋に戻ってから考えたんです。全容を知っているわけでもないし、いざという時には役に立たないかもしれませんけど……途中までなら、迷うことなく案内することができるんじゃないかな、って。も、勿論！　皇女様のこともありますから、無理に調査をとは言いませんので……ど、どうでしょう？」

キアナはやや緊張した面持ちで、俺の答えを待った。どうして突然この話をしたのかはわからないが……申し出自体は、とてもありがたい。だが、それを受け入れるためにはクレル様の了承を得る必要がある。果たして彼女は、地下を調査する許可を出すのか否か。

「えっと、ロート？　説明のほうを……」

キアナの申し出をよく理解していなかったクレル様は、俺に説明を求めた。あまり、大きな期待は持たないようにしよう。そう心に留め、俺はクレル様に礼拝堂の地下を調査したい旨を伝える――と。

「……確かに、調べたほうがいいですね」

予想に反した言葉に、俺は思わず歩く足を止めた。覚えていないとは言え、言葉で説明した時点で怪しさ十分、加えて怖い場所であることは理解できるだろう。しかも、そこには昨晩白い人影が出現したとも伝えた。なのに、クレル様が調査に前向きな姿勢。百年に一度咲く花を目撃したような、そんな気分になった。

「失礼ながらクレル様。俺の見ていないところで頭を打ったり、植木鉢に生えた雑草を食べたりしましたか？」

「してないですよ！　何ですかいきなり！」

「普段のクレル様でしたら『絶対に駄目ッ！　そんな怖いところには行きませんッ！』と三歳児のように駄々を捏ねると思いましたので……滅茶苦茶可愛いな」

「そんなことしませんから、変な想像しないでくださいッ‼」

叫び、クレル様は一呼吸置いてから、キアナを見た。

「ただ、私はそれが必要なことだと思っただけです。それに、折角のキアナさんの厚意を無下にするわけにはいきませんからね」

「また幽霊に遭遇するかもしれませんよ？」

「……それはロートが何とかしてください」

「⁉」

強がってはいるが、怖いものは怖いようだ。ただ、朗報であることに変わりはない。一番の懸念であったクレル様の許可を、こうして頂戴することができたのだから。

そのことを嬉しく思いつつ、俺はキアナに目を向けた。

「主の許可も下りた。大変だろうが、よろしく頼む」

「わかりました！　日時は……明日の午後一時でどうでしょう？　夜は私も避けたいので」

「構わない。夜に納骨堂へ入るなんてことになったら、きっとクレル様は――」

「納骨堂？」

俺が発した単語を復唱したクレル様は『え？　嘘でしょ？』と内心で思っているのが丸わかりな表情で俺のほうへと振り返る。視線を合わせると、彼女の美しい瞳は現実を疑うように揺らいでおり、瑞々しい口はワナワナと震えていた。

あー……情報解禁のタイミングをミスったな。

自分の失策を悟った直後、

「ちょっともう一度考えさせてくださいッ！」

そんなクレル様の叫びが、夕暮れの街中に響き渡った。

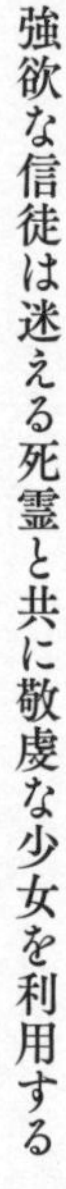

第四章　強欲な信徒は迷える死霊と共に敬虔な少女を利用する

街へと出かけ、身も心もリフレッシュした、翌日の午後一時。

「……完全に騙(だま)されました」

修道院の礼拝堂に向かって廊下(ろうか)を進んでいる最中、車椅子に乗ったクレル様がボソッと呟いた。その声音は憂鬱そのものであり、耳を澄(す)ませなくとも小さな溜め息が聞こえてくる。

良好な機嫌とは言えないクレル様に、俺は昨日のことを交えながら言った。

「人聞きの悪いことを言わないでください、クレル様。昨日の帰り道、詳細も聞かずに了承したのは貴女ではありませんか。俺は騙していません」

「百歩譲(ゆず)って私にも非があるとしても！　事前に地下はお化け——納骨堂になっていることは言うべきでした！　予(あらかじ)めその情報を伝えていなかったロートも悪いです！」

「納骨堂をお化け屋敷と言わないでください」

確かに、子供は墓地にそういうイメージは持っているものだが、全然違う。納骨堂は遺

体を清め埋葬する神聖な場所であり、決して肝試しをするような場所ではない。発言に対して修正を入れるが、クレル様は聞く耳を持たずに顔を背ける。久しぶりに、具体的には二日ぶりに意固地を発揮している。久しぶりじゃねぇな。

クレル様に関しては右に出る者はいないほどに熟知している、博士と言っても過言ではない俺はこの後に行うべき彼女への対応を考える。昨晩は俺の巧みな説得術によって『わかりましたよ……』と折れてくれたのだが、その時が近づくにつれて再び嫌になってきたようだ。仕事で出勤してしまえば『仕方ない、やるか』と思えるように気持ちを切り替えられるといいのだが……期待は薄い。何せクレル様は働いたことがないからな。

まぁ、このまま放置しても時間の経過と共に嫌な気持ちは薄れていくとは思う。その場合『なんで何も言ってくれないんですか！』と悲しみと怒りが混ざった表情で訴えかけてくることだろう。そうなるまで待ってもいいが、その選択をした場合、クレル様に『何で何も言ってくれないんだろう……』と、不安を覚えさせてしまう。執事として、彼女を愛する者として、それはいただけない。

となれば、残る選択をするまでだ。方針を固めた俺はクレル様に囁いた。

「頑張ったご褒美は期待していいですからね」

「……仕方ないですね」

はい完璧。この皇女様、マジでチョロすぎる。

思惑通り、クレル様は一瞬で機嫌を直してくださった。チョロすぎて可愛いと思うと同時に、彼女が俺と出会う前は冷遇されていた事実をありがたく思ってしまう。彼女にとってはとても辛い時期だったと思うが、そのおかげで、今まで悪い男と接触する機会が生まれなかった。もしも他の皇族と同じように扱われていたとしたら……考えたくもない。

冷遇と隔離がなくなった分、今後は俺がクレル様を護ろう。勿論、一生をかけて。

「……さて、と」

キアナとの待ち合わせ場所となっている礼拝堂に到着し、俺は大扉を見上げ立ち止まった。脳裏に過るのは、夜に見たあの光景。赤いマナが充満し、異様な雰囲気が漂っていた堂内だ。あの夜から既に何人も、修道女たちが礼拝を行うために使用していたので大丈夫だとは思うが……果たして。

俺は若干の緊張を覚えながら大扉を開き——直後、中にいた人物から声をかけられた。

「おや？　こんな時間に珍しいですね」

「！　これは、神父様」

中に入った俺たちに声をかけてきたのは、長椅子の最前列に座っていた神父。彼は俺たちの姿を目にとめると、開いていた分厚い本をパタンと閉じ、微笑を浮かべて立ち上がった。

　てっきり、無人だと思っていたんだが。

　俺は礼拝堂に異常がないことを確認しつつ、立ち上がった神父に応じた。

「こんにちは、神父様。昨日、礼拝は一日に二回行うものであると聞きまして。この時間帯なら、修道女の方々もいないだろうと」

「なるほど、そういう事情でしたか」

「神父様は何を？　修道女たちの礼拝なら、終えられているはずですが」

　疑問を口にすると、問われた神父は正面に鎮座する女神像を見上げた。

「……大火災の犠牲者に、祈りを」

「大火災？」

「ええ。この修道院は、七年前に大火災に見舞われているのです」

　頷き、彼は続けた。

「原因は今でもわかっていないので、余計な憶測が広まらないよう、情報統制されている大火災です。その際、修道院は全壊し、当時いた神父と百人近くの修道女たちが犠牲になりました。一説では、当時の神父が修道女たちと共に心中を図ったと言われています」

「「……」」

俺とクレル様は、神父の言葉に耳を傾ける。

それは聞いたことのない大火災だ。長い歴史の中で倒壊と火災を繰り返してきたのは知っていたが……最後にそれが起こったのは、五十年前だと聞いていた。それが間違いで、しかも、仮説ではあるが神父の無理心中が原因とは……妙な話だ。

「どうも、曰くつきの修道院らしい」

俺が言うと、神父は苦笑した。

「否定できないのが辛いところですね。先代の神父は怪奇現象に遭遇して、ここから逃げ出したらしいですし」

そこで神父は女神像から離れてこちらに歩み寄り、俺たちの傍で足を止めた。

「ここには、いつ頃まで滞在されるご予定で？」

「特には決めていません。しかし、一日や二日の礼拝で不幸が消えるとも思えませんので……それなりの日数はいるかと」

「なるほど。では、皇女殿下の判断次第、ということですね」

「そういうことになります」

実際には事件が一通り解決してからなのだが……流石に、それを言うことはできない。

そもそも神父には、黒目安箱の件で来たとも言っていないからな——と、会話を終えようとした時、不意に神父がクレル様に言った。

「ところで、皇女殿下。不躾ながら、お伺いしたいことがございます」

前置きし、神父は質問の内容を口にした。

「巷で噂になっていることですが……第三皇女は一撃で街を消滅させることができる力を——魔鍵を持っている。可憐で美しい貴女が本当にそんな力を持っているのか、興味が湧きまして……この噂は、事実なのでしょうか？」

「「……」」

俺とクレル様は互いに顔を見合わせた。何故、彼がそんなことを聞くのかはわからない。噂に好奇心を刺激されたのか、はたまた他の目的があるのか。俺の直感は後者であると告げているが、詳細は彼のみが知っていること。勘で判断を下すことはできない。

とはいえ、神父にどんな思惑があるにせよ、こちらの答えは変わらない。クレル様は口元に人差し指を当て、決められた言葉を告げた。

「ご想像にお任せします」

「肯定も否定もしない、と」

「女の子に秘密はつきものです。そして、男性がそれを詮索するのはマナー違反というものですよ」

「……そうですか」

明言を避けると、神父は『申し訳ございません。変なことを聞きました』と告げ、大扉に近付いていく。大事なのは、回避。どちらとも取れる答えを提供することが重要なのだ。相手に何の情報も与えない、ということが。

「それでは、神のご加護があらんことを」

礼拝堂を後にする直前、神父はその言葉を俺たちに残し、大扉を開け出て行った。

無人になった礼拝堂で、俺たちは特に意味もなく、神父が見上げていた女神像の傍へと近づいた。美しい、神の名に相応しい端整な顔立ち。意味ありげに細められた瞳は真っ直ぐに礼拝堂の扉に向けられている。まるで、ここに来る者たちを見守るように。

言葉を交わすことなく、ただジッと女神像を見つめ、静かな時間を過ごしていた時。

「すみません！　遅くなりました！」

大扉が勢いよく開く音と、焦りを多分に含んだ少女の声に振り返る。視線の先では、キアナが膝に手をつき、荒い呼吸を繰り返している。走ってきたようだ。

左腕の時計を見ると、時刻は一時五分を示している。約束の時間から遅れた形にはなったものの、誤差の範囲。神父と話していた時間もあったので、気にするようなことではない。

赤い髪を揺らし、小走りでこちらに駆け寄ってくるキアナに片手を上げて応じる。

「俺たちもさっき来たところだから、気にするな」

「急いでいるわけではありませんからね。焦らなくても大丈夫です」

「あ、ありがとうございます。その、言い訳にしかならないと思うんですけど……ちょっと意識が飛んでいまして」

「意識が飛んだ？」

引っ掛かりを覚えて復唱すると、キアナは慌てて両手を振った。

「倒れたわけではないです！　ただ、昼食の後に約束の時間まで本を読んでいたら、いつの間にか寝てしまったみたいで……変だなぁ。普段はお昼寝なんて絶対にしないんですけど」

「まぁ、そういう日もあるだろ。クレル様はよく涎を垂らして昼寝をしているから、不思議なことでもない」

「私の恥ずかしい話を持ち出さないでください！」

「とても可愛らしかったので、つい」

謝りつつ、その時の彼女を思い出す。庭のハンモックで横になり、とても幸せそうな寝顔で寝息を立てていたクレル様を見た時は、どうしてこの寝顔が国宝登録されていないのかと心底疑問に思ってしまった。俺の心臓を数秒停止させるくらい愛らしかったことを伝えておく。危うく、俺の死因がキュン死になるところだった。可愛いって罪だな。

「ところで」

不意にキアナはそう言い、微笑のままクレル様を見た。

「皇女様の説得、成功したみたいですね。昨日は凄く嫌がっていたのに」

「俺の説得術があれば余裕だ」

「ロートは意地悪です」

「申し訳ございません。愛しています」

不服そうに頬を膨らませたクレル様に言って、彼女の手に自分のそれを絡める。本気で臍を曲げているわけではないので、こうすればすぐに機嫌を直してくれるはずだ。その証拠に、繋いだ手にクレル様のほうから力が込められた。

何処となく弛緩した空気を周囲に伝染させていると、そんな俺たちを見たキアナが『アハハ……本当に仲が良いですね』と笑い、女神像の足元で膝を折った。絨毯が敷かれているそこは、地下に続く扉が隠されている場所だ。

「早速行くのか」

「はい。いつまでもここにいる理由はありませんし、陽が昇っている内に終わらせたいですからね。夜の礼拝堂を歩くのは御免です」

キアナは答えながら慣れた手つきで絨毯を剥がし、鍵を開けて扉を持ち上げる。扉の下には、記憶に新しい地下への道と梯子。暗闇の中では見えなかった奥へと続く道が、今はハッキリと見える。

「では、行きましょう」

淡々とした様子で梯子を下りていくキアナの後に続くため、俺はクレル様を横抱きに抱え、車椅子を宙に浮かせた。

「あの、梯子くらい下りられますけど」

「駄目です。手を滑らせて真っ逆さまに落ちていく光景しか想像できません」

こんなところで怪我をされては困る。歩くだけで色々とやらかすのだから、梯子でやらかさないわけがない。

即座に却下をした俺に色々と文句を言うクレル様の言葉を無視し、俺はキアナが待つ納骨堂の入口へと飛び降りた。

暗闇が支配する納骨堂の中は、不気味な雰囲気が漂っていた。

掘削された形跡が鮮明に残る剥き出しの壁に、舗装されていない地面。自分が今どこにいるのかわからなくなる閉鎖空間は、長居すれば気分が悪くなってしまう。日光が一切当たらないためか、肌を撫でる空気はとても冷たい。また、近くで地下水が流れているのか、微かに水の音が聞こえてくる。

洞窟の迷宮。

この場所を言い表すのに最も適切な表現はそれであると確信するほど、ここには鬱屈とした空気が漂っていた。確かに、これは一人で入れば間違いなく迷ってしまう。

「クレル様。上着を」

「ありがとうございます、ロート」

俺は脱いだ上着をクレル様の肩にかけ、この場所の感想を告げた。

「何というか……死者の世界に迷い込んだような感覚になるな」

「あー……そのたとえは凄く良いですね」

ランプを片手に持ち、壁の窪みに設置された燭台に火を灯しながら先頭を歩いていたキアナがこちらを振り返った。

「本当の死者の世界とは言いませんけど、ここは死者が眠る場所ですからね。生者である私たちがこの場所に来れば、違和感を覚えるのは当然です。何度か入っている私でも、未だに奇妙な気分になりますから。正直、ちょっと怖いです」

「慣れるものでもないんだな」

「慣れるほど納骨堂に入る人は滅多にいないと思いますよ？」

「それもそうだな」

一般人が納骨堂を頻繁に訪れることなどないだろう。どれだけ身内が死んでいるのだ、という話になってくる。なので、今の俺が抱いている感覚は正常ということだ。心なしか、キアナも普段より声のトーンが低い気がする。彼女も案外、怖がりなんだな。

こういう空間は、良いものではない。俺は特に怖いと思うことはないのだが、鬱屈とした空気は気分を害する。時間が経てば経つほど、さっさと調査を終えて地上に戻りたいという気持ちが強くなる。

「ちなみに、案内は何処までしてくれるんだ？」

「少し行くと礼拝室があるので、そこまでかな、と」

「地下に礼拝室が？」

「はい。とは言っても、地上にあるような立派なものじゃないです。豪華な装飾とかはありませんし、あくまでも死者へ祈りを捧げる小さな部屋ですよ」

説明を受け、俺は納得した。考えてみれば、地下にあれほどの規模の礼拝所があるわけない。あちらは礼拝『堂』で、今向かっているのは礼拝『室』だ。言葉だけでも、規模が違うことは理解できる。願わくば、そこへ到達する前に赤いマナや怪奇現象の原因が見つかると嬉しいのだが……。

淡い希望を抱いていると、そこで先ほどからクレル様が全く言葉を発していないことに気が付いた。まさか、昨晩のトラウマが蘇り、恐怖で声を出せなくなっているのか。もしもそうなら、すぐに抱きしめてあげなければ。

不安が過った俺は視線を下に向け、クレル様を見る——と。

「すぅ……はぁ……」

クレル様は俺の上着、その襟に口元を埋め、積極的に匂いを嗅いでいた。顔の下半分は隠れているが、とても満足そうな表情をしていることがわかる。

彼女は一体何をしているのか。俺はクレル様の肩に手を添え、呼び掛ける。

「クレル様。あまり露骨に嗅がないでいただきたいのですが」

「へなっ⁉」

奇声を上げ、クレル様はやや顔を赤らめながら、俺の上着から顔を離した。何、今の声。

「あ、その……ご、ごめんなさい。良い香りだったので、つい」

「クレル様は一度、デリカシーというものを学んだほうがよさそうですね」

「その言葉はそっくりそのままお返ししますね」

「？　俺はクレル様と違い、デリカシーや常識を重んじておりますが？」

「ど・こ・が・で・す・か!!!」

全力で否定するクレル様に、俺は素知らぬ顔を通した。

無論、ちょっと……本当に少しではあるが、口が悪いことは自覚している。ただ、それでも常識から逸脱した行為をしたことはない。少なくとも、クレル様と出会った後は、な。

皇帝陛下を殴り飛ばし、各大臣の骨を粉砕し、クレル様を侮辱した連中を全員病院送りにしたのも、全て俺の中の常識の範囲内だ。まだ足りない。まだまだぶっ飛ばす奴は残っている。そいつらも残らず病院送りにしてやらなければ。

子犬のような唸り声を上げるクレル様を宥めていると、そんな俺たちを見てキアナが笑った。

「本当に、お二人は見ていて飽きないですね。とっても面白くて……主従というよりも、恋人みたいです」

「愛情はその辺のカップルの五千倍は強いがな」

「重すぎるでしょ……」

「しかし、クレル様は嫌ではないと思っていますが……どうですか?」

「………勿論」

プイ、と顔を背けてクレル様はそう言った。今日も俺の主は世界で一番可愛いようです。

愛おしすぎて涎が出そうだ。食べてしまいたい。

「とまぁ、これだけ可愛かったら俺が好きになるのは当然だろう。生物学的に」

「凄い……同性の私でもキュンとしましたよ」

「き、キアナさんまでそんなことを言うんですか……?」

少し疲れたように言い、クレル様は照れた顔を隠すためか、自然に俺の上着を顔に押し当てた。当然のように、呼吸が少し荒くなる。流れるような動作で嗅ぎ始めたな。いや、別にいいんだけれども。

「……少し、羨ましいなぁ」

燭台に火を灯したキアナが、天井を見上げながら言った。

「私もそんな風に、誰かを本気で好きになってみたいです」

「恋の経験はないのか?」

「はい。男の人と知り合うこともありませんでしたし、この修道院は女の子しかいませんからね。情熱的な恋には、ちょっと憧れちゃいます」

頬に片手を当て、羨望の声音でキアナは言った。恋に恋する年頃、と言ったところだろうか。思春期の真っ最中である彼女が、そういうことに興味を持つのは、至って普通のこと。一応年上として、アドバイスを送っておこうか。

「心配せずとも、キアナにもいつかできる。本気で好きになれる人と出会えるはずだ」

「そ、そうですよ！　人生は何が起きるかわからないですし、きっと、素敵な人と巡り合うことができます」

「フフ、そうだと良いですね～」

笑って、キアナは止めていた足を再び前へと踏み出す。納骨堂で恋バナをすることになるとはな。場違い以外のなにものでもないが、まぁ、別に誰かの文句を言われることもないので、気にしないでおこう。死者が喋るわけがないし。

そうして、雑談を交えながら道を進むこと、十数分。

「ここです」

そう言ったキアナは壁の燭台に火を灯した。

炎の光に照らされて露わになったそこは、ドーム形の部屋だった。掘削の痕跡が残る剥き出しの壁は同じだが、地面は舗装されているらしく、凹凸があまりない。通路との境界線には扉などが存在せず、部屋の中央には小さな祭壇が立っている。それの傍に置かれていた花瓶には、白い花が生けられていた。

ここが礼拝室で間違いなさそうだ。

全ての燭台に火を灯すキアナを横目で見ながら、俺は部屋の中央に進み、室内を見回した。

「……マナの発生源になりそうな反応はなし、か」

注意深く観察し、怪しげなものがないかを確認する。しかし、この礼拝室にも、これまで通ってきた道にも、気になるものは一切見つけられなかった。勿論、俺が持つ探知魔法も常時展開していた。探索に抜かりはなかったんだが……先日の光景が嘘のように、マナの断片すら見つけることができなかった。あの膨大なマナは一体どこに行ったのか。

クレル様も俺と同じように、室内を見回した。

「変なものは、見当たりませんね」

「ええ。糸口でも掴めればいいと思ったんですが……ここまで何もないとは思いませんでした。以前見た、白い人影も見当たりませんし」

てっきり、また俺たちの前に姿を見せると思っていたが、予想は外れたらしい。できれば、もう少し近くで見たかったんだが……クレル様が安堵した声音で言う。

「それに関しては、本当に現れなくてよかったと思います」

「これから現れるかもしれませんよ」

「不安になるようなこと言わないで貰えます？　本当に出てきたらどうするんですか」

「クレル様は絶叫なさるかと」

俺は迷うことなく即答した。

前回は精神的な疲労が蓄積していたので失神する結果になったが、今日はまだ心に余裕があるはず。意識は飛ばさず、代わりに金切り音のような悲鳴を上げることだろう。ちょっと見たいが、俺の鼓膜がご臨終する可能性がある。耳栓持ってくればよかった。

自分の鼓膜と永遠の別れを告げる可能性を考えていると、不意にクレル様は『それにしても』と呟き、礼拝室の入口を見ながら首を傾げた。

「ここ、納骨堂なんですよね？」

「そのはずです」

「それにしては、納められている骨を全く見かけませんよ。何処か、一か所に集めてあるのでしょうか」

その疑問は、彼女のように何も知らなければ抱いて当然のものだった。ここは上の礼拝堂が建造される以前から存在する古い納骨堂であり、夥しい数の骨が納められているはずだ。なのに、今のところ骨を一つも見ていない。ここが本当に骨を納める場所なのかと思ってしまうのは、仕方のないことだった。

ただ、ここが納骨堂であることに間違いはない。事前に知識を持っていれば、一見骨の見当たらない納骨堂の何処に納められているのかは、すぐにわかるものだ。

俺は小首を傾げるクレル様の疑問に答えようと口を開く――が。

「骨は壁の中に埋められているんですよ、皇女様」

燭台に火を灯し終えたキアナが、俺の代わりに答えた。

「この先の道を行けばわかりますが、この納骨堂は壁に穴を掘り、そこに骨を入れているんです。穴がいっぱいになれば、崩れ落ちてこないように塞ぐ。今来た道にあった穴は全て閉じられているので見えませんでしたが、ここには約三万人分の骨が納められているんです」

「三万……？」

キアナが告げた数を復唱したクレル様は、数秒間沈黙した。

恐らく、クレル様の中ではこのような式が成り立っているのだろう。納められている遺体の数＝納骨堂の中にいる幽霊の数。つまり、自分は今、三万体の幽霊が彷徨う場所にいる。

自分が今、とんでもない場所にいる自覚が生まれたのだろう。クレル様は何の感情も宿さない表情で俺を見た。

「……私たちは今、幽霊に囲まれている？」

「骨を幽霊とカウントするのはどうかと思いますが、概ねその通りかと。大丈夫ですか？」

「……なんとか」

自分の胸元に手を置き、クレル様は深呼吸を繰り返した。

本当に何とか、ギリギリ耐えることができたらしい。てっきり取り乱して、泣きそうになりながら俺に抱き着いてくると思ったんだが……記憶は無くとも前回の経験が、彼女を成長させたのかもしれない。もしもそうであるならば、俺はとても嬉しい。親離れする子供を見ているようで、少し寂しい気もするが。

「本当に大丈夫ですか？　皇女様」

心配そうにクレル様へ尋ねるキアナに、俺は精神を落ち着かせることに集中している主に代わって答えた。

「問題ない。失神はしていないから、大丈夫だ」

「え？　基準そこなんですか？」

「これ以上上下げると、大丈夫な時がなくなるんだ」

それに、たとえ足腰が立たなくなろうと、涙を流して助けを求めるようなことになっても、俺が傍にいれば問題ない。よしよしと頭を撫でてお姫様抱っこのフルコースを提供すれば、何とでもなるからな。

精神統一を図るクレル様の背中を撫でながら、俺はキアナに尋ねる。

「案内はここまで、だったか？」

「そうですね。ここから先も道は続いていますけど……」

入室した出入口とは反対側に続く道へ視線を向け、キアナは首を左右に振った。

「ここから先は神父様に入ってはいけないと言われていて、私も道がわからないんです。何でも、今までの道とは比べ物にならないほどに入り組んでいて、出られなくなった人もいたそうで」

「本当に迷宮ってことか」

両腕を組み、思考を巡らせる。

困ったな。そんな出られなくなるような場所にクレル様を連れていくわけにはいかない。しかも、道順を知っている者がいなくなるため、手探りで進むことになる。時間は相当かかるだろう。仮に迷ったら、本当に命が危険になる。

ここまでで手がかりが見当たらない以上、原因はあの先にあることは間違いないと思うのだが……。手詰まりの現状に嘆き、俺は天井を見上げて大きな溜め息を吐く——と。

「ひゃ——っ！」

そんなクレル様の声と同時に、ガラガラと何が崩れる音が響き渡った。何だ？　と思いながら音のしたほうを見ると、部屋の壁が崩壊し、その近くでクレル様が尻もちをついていた。崩壊した壁の破片が飛び散り、あちこちの床に散乱している。

……こんな光景、最近見た気がするな。また、ポンコツが炸裂したのか？

既視感を覚えつつ、クレル様の安全を確認するため、俺は彼女の下へと駆け寄った。

「クレル様、お怪我は？」

「だ、大丈夫です。けど、壁が崩れちゃって……」

「いつから怪力になられたのですか？」

「化け物みたいに言わないでください！　ただ、ちょっと壁に触れたら崩れて――え？」

言葉を止め、クレル様は崩れた壁の奥に視線を固定する。そこは土埃が舞い、光がないため見通しの悪い空洞。大半の部分は闇に包まれているが、手前の部分には燭台の光が当たり、辛うじて見ることができた。そこにあった――頭蓋骨を。

「――⁉‼⁇」

声にならない悲鳴を上げたクレル様は、体当たりをするような勢いで俺に抱き着き、力強く抱きしめた。幸せってこんなところにあったんだな。

胸に満ちる幸福感を噛みしめ、俺はクレル様の頭を撫でながら言い聞かせる。

「壁の中に納骨されていると、教えられたばかりでしょう」

「……な、ないって自分に言い聞かせていたんです」

「それで堪えていたんですか」

定番と言えば定番か。病は気からというが、恐怖心にも応用したということだろう。怖くないと思えば怖くない理論。怖くないと言い聞かせても、怖いものは怖いと思うけど。

心配そうに駆け寄ってきたキアナに目を向ける。

「この壁は薄いのか？　クレル様が、少し触れただけで壊れたとか何とか言っているが」

「いえ、そんなはずは……何かあっても崩れないように、頑丈に造られているはずです」

「となると、本当にクレル様が怪力ということになるが……」

近くに落ちていた破片を拾い、観察する。薄いとは言えないが、頑丈とも言えない。指で擦ればボロボロと形が崩れ、グッと力を込めて握れば粉々になる。確かに、軽く押せば崩れてしまうほどの強度と言える。

本当に頑丈に造られているのか？　疑問に思った俺はクレル様に断ってから立ち上がり、他の壁を押してみる。しかし壁はビクともせず、破片が落ちることすらなかった。

壁はキアナが言った通り頑丈。となると、クレル様が触れたあの場所だけが脆かったということになる。

「一つだけ脆く造ることなんてあるのか……？」

疑問に思いつつ、俺は再びクレル様が破壊した壁の穴を覗き込んだ。中には夥しい数の骨が積まれており、足の踏み場もないほどに埋め尽くされていた。

「キアナ。ここには何体分入っているんだ？」

「一つの壁につき、三百体が入っています」

「そんなにか。なら、これだけ山になるのも無理は――」

言いかけ、俺はとある一点を注視した。大量の骨が山となって積まれている、空間の最奥。注意深く観察しなければ見逃してしまうような場所に、ほんの微かにではあるが、確かに靄のようなものが見えた。一般人や未熟な魔法士では見ることができないだろうが、俺には確認することができる。そこに何か、魔法がかけられていることを。

まさか。そんな自分の直感に従い、俺は大量の骨を魔法で左右に移動させ、人が一人通れるほどの狭い空間を無理矢理作る。退かした骨が崩れてこないよう、しっかりと障壁を展開することも忘れない。

「ロート？　何をしているんですか？」

「……隠し扉です」

骨の山に埋もれていた壁に手を当て、かけられていた隠蔽魔法を解除する。

現れたのは、一枚の古びた扉。木製のそれは表面に防腐処理がされているらしく、薬品の独特な香りが漂ってくる。模様もドアノブも存在しない。ところどころ骨が擦れたような痕跡はあるが、それ以外には何もない、至ってシンプルな外観だ。

「こんなところに扉があったなんて……」

呆然と呟きながら、キアナが俺の後ろまでやってきた。寧ろ、知っていたら驚きだ。骨の山に隠してあったことと言い、隠蔽魔法が施されていたことと言い、明らかに第三者から存在を隠すためのものだろう。見つけた俺たち以外は知らないはずだ。こんなところに扉があるとは誰も思わないだろうし、壁を壊してまで捜そうともしないはずだから。

「と、とにかく、中に入ってみませんか？　何かあるかもしれませんし……」

一番後ろにいるクレル様が、周囲にある骸骨をチラチラと気にしながら急かす。よっぽど骸骨の見えないところに行きたいんだろうな。

怖がっているクレル様に『わかりました』と返し、俺はドアノブのない扉を押し開いた。

扉の向こう側にあったのは、小さな部屋。小さな椅子と机以外の家具はなく、人が四人も入れば座ることすらままならなくなる狭さだ。ややカビ臭い香りがするのは、長い間まともに掃除をしていないからだろう。

部屋に入ったキアナとクレル様は、口々に言う。

「何だか、じめじめした部屋ですね。居心地は良いとは言えないです」

「そうですね。気軽に掃除ができるような場所でもないですし……一体誰が、ここを使っていたんでしょうか？」

「それは多分、この名前の人物だろうな」

「「？」」

　俺が言うと、二人は同時に俺を見て頭上に疑問符を浮かべた。この人物？　誰？　そんなことを考えているのがよくわかる表情の二人に、俺は今しがた手にしたもの——机の上に置かれていた一冊の本を見せた。

　赤い革のブックカバーが付けられたそれの表紙には『Diary』と書かれており、その下には、カロール＝ランバート——この本の所有者と思しき人物の名前が記されていた。俺とクレル様にはこの人物が誰なのかわからず、特に何の反応も示さない。

　だが、キアナは違った。

「え……そ、んな……どうして？」

　俺たちとは対照的に、記されていた名前を見たキアナは驚愕に目を見開き、次いで、瞳を揺らしながら震えた声で呟いた。小さくない衝撃を受けている様子。

　この名前の人物を、キアナは知っている。彼女の反応から察し、俺は問うた。

「心当たりがあるのか？」

「……」

問いを受け、取り乱していたキアナは深呼吸を繰り返した後、頷いた。

「私の……父の名前、です」

「父親、か」

言って、俺は今一度小さな室内に視線を巡らせた。

親子でファミリーネームが違うのは、別に珍しいことではない。家庭によって事情は異なるため、何か大事な理由があって、別の名前を名乗っていたと思われる。

断定はできないが、この部屋を使っていたのはきっと、キアナの父親なのだろう。滅多に家に帰らず、偶に帰宅してもキアナとは一切言葉を交わさずに出ていくという、ある意味では父親失格と言える男が過ごした部屋。どうしてこんな場所で過ごしていたのか、どうして隠蔽魔法や骨を使って部屋の存在を隠したのか、わからないことは数多くある。恐らくその答えは、この手記の中に綴られているのだろう。そうであると、願いたい。

「この本の分厚さから考えて、様々なことが書かれているはず。もしかしたら、キアナに冷たく接していた理由も記されているかもしれない」

「……ちょっと、複雑ですね。知りたい気もしますけど、知りたくない自分もいます」

やや顔を顰めるキアナに、クレル様が寄り添った。

「大丈夫ですか？　不安でしたら、読むのをやめたほうが……」

「ありがとうございます、皇女様」

微笑み、キアナはクレル様の提案を断った。

「でも、これは私が向き合わなくてはならないことだと思うので。逃げていたら、駄目な気がするんです」

「……」

そう答えたキアナに寄り添い、クレル様は彼女の背中に手を当てる。

やはり優しいな、俺の愛する主人は。

二人の姿に微笑ましさを覚え、クレル様の優しさに心が温まるのを感じながら、俺は日記を机に置いて表紙を捲った。

序盤に書かれていたのは、ごく普通の日記らしいこと。天気や一日の出来事、所管などが淡々と記載されている。日付は今から十五年前——つまり、キアナが生まれる一年前だ。書き忘れることが多かったらしく、ところどころ日付が飛ばされている。

「どうやら、キアナの父親は修道院の神父だったらしいな」

「考えてみれば、そうでなければ修道院には入れませんからね」

日記の頁を捲りながら、俺とクレル様は気づいたことを話す。

内容の中には、修道院に関することが多い。礼拝堂の大掃除、修道女たちに対して教えたこと、納骨堂に新たな遺骨を納めたことなど。とても忙しそうではあるが、一方では充実していたように感じられる。

本の中盤まではそんな内容が続いていたのだが……とある頁を境に、書かれている内容は大きく変化した。

——娘が生まれた。

他の文章よりも大きな文字で書かれた言葉に、キアナは息を呑んだ。

「……っ」

——とても小さく、儚く、それでいて力強さも感じられる子だ。病室から聞こえてきた大きな泣き声を聞いた瞬間、私は誕生の喜びと共に、妻の身を案じた。母子ともに無事という報告を聞いた時の安堵感は、一生忘れることはないだろう。同時に、この喜びも。

それは娘の誕生と妻の無事を心から喜ぶ、父親らしい文章。少なくとも、家族を蔑ろにするような男が記すものではない。

娘の夜泣き、子育ての苦労、初めて言葉を発した瞬間の喜び、好き嫌いの有無……。キアナが生まれてからは修道院での出来事は一切記されておらず、代わりに家族の、それも娘であるキアナに関することばかりが記されていた。

娘を毛嫌いするどころか、娘想いの良い父親という印象を受ける。軽やかに書かれた文字からは、とても家族を愛していることが伝わってきた。人それぞれの事情があるので一概には言えないが、俺としてはここまで家族愛に溢れる男が、娘を毛嫌いするまでに豹変するとは考えられない。愛は一過性ではないはずだ。

では、何故この父親は、キアナに最悪とも言える印象を与えるに至ったのか。

その疑問の答えは、すぐに見つけることができた。

――今日、襲撃に遭った。

手が震えていたのか、その文字は形が崩れていた。

――奴らが何者なのかはわからない。ただ、目的は恐らく、ここに封印されている全てを記録する魔鍵だろう。私が封印を解く聖封解鍵を受け継いでいると知り、私から奪いに来たのだ。命が狙われた以上、もう、私は家族と一緒にいることはできない。

頁には涙が落ちたと思われるシミが幾つもできていた。

――家族に危害が加えられないよう、私はこれから他人になる。もっと、キアナに愛情を注いであげたかったが……彼女を護るためだ。せめて、彼女の未来に幸福があらんことを。

「……ここまでだな」

次から先の頁は白紙が続いており、何も記されていない。

結局、何者かに狙われていたキアナの父親がどうなったのかはわからない。今何処にいて、何をしているのか……いや、それを考えるのは野暮だ。答えはもう、出ている。

沈黙が空間を支配する中、俺は開いていた日記を閉じた。

「色々と思うところはあるだろうが、これだけは言える。キアナの父親がお前を避けていたのは、家族を護るためだった」

冷酷で家族を疎む最低な父親ではない。大切な家族のために辛い選択をし、娘の幸福を祈る、素晴らしい父親だ。愛する娘に対して愛情を注ぐことができないのは、とてつもない心痛を伴うはず。しかし、そのおかげで今のキアナがあると言ってもいい。耐えられずに家族との時間を選択していたら……全員、始末される未来も考えられた。その決断をすることができたキアナの父親には、脱帽する思いだ。

「……」

何とも言えない表情のまま日記を見つめていたキアナは、グッと両手の拳を固めた。自分のことを嫌いだと思っていた父親の真実を知り、心の整理が追い付いていないのだろう。受け入れるには、それなりの時間がかかるはずだ。

「なに、それ……」

呟いたキアナは下唇を噛みしめ、肩を震わせ扉のほうへと身体を向けた。

「キアナさん！」

「すみません、皇女様。今は少し……一人でいたいです」

振り返ることなくそう言い、キアナは部屋を出て行った。去り際『必要だったのはわかるけど……それでも、愛してほしかった』と、心根を吐露したのは、感情を隠すことができないほどに動揺している証拠と言える。

今まで、相当自分を抑圧していたんだろう。本音を隠し、偽りの感情で自分を覆い隠していたに違いない。せめて誰か、彼女の心の拠り所になれる者がいればいいのだが……。

「衝撃の事実を知った直後ですからね。今は、そっとしておきましょう」

「大丈夫でしょうか？」

「時間はかかると思います。けど、受け入れられるはずですよ」

「だと、いいのですけど……」

クレル様はキアナが出て行った扉を心配そうに見つめる。何かしてあげたいと思う気持ちはわかるが、今は俺たちにできることが何もない。一人にしてあげることが、最大の優しさだ。

キアナのことを一度頭から離し、俺は日記から得られた情報をもとに推測する。

「礼拝堂を埋め尽くしていたマナですが……恐らく、ここに記されていた魔鍵の封印が原因だと思います」

「封印に使われているマナが漏れ出たと？」

「ええ。封印されている魔鍵は世界各地にありますが、その全てが膨大なマナを用いて封印されています。特に、一族で代々護っているとなれば、計り知れない量だと思います」

可能性としては十分に考えられる……というよりも、ほぼ正解と言っていいはずだ。それ以外に考えられない。

「実際に見ていないので理由はわかりませんが、封印が弱くなっているのかもしれません。改めてしっかりとした封印を施せば、きっと元に戻るかと」

「でも、その魔鍵……聖封解鍵(ポラリス)でしたか？　それは一体何処(どこ)に？　キアナさんのお父様が持っていたはずですが」

魔法による封印を施した場合、同一の魔鍵が封印を解く道具となる。封印を改めて行うためには、その魔鍵が必要不可欠。キアナの父が行方(ゆくえ)知れずの今、魔鍵も同じく失われている。

勿論そのことについてはわかっている。そして、その問題は既(すで)に解決されているはずだ。

「聖封解鍵(ポラリス)という魔鍵に関してですが……それはもう、キアナが持っているはずです」

「え、それはどういう？　彼女は魔法士ではないと言っていたと思いますが……」

「自覚がないだけです。一族で代々受け継がれてきた魔鍵は大抵(たいてい)、特別な契約(けいやく)を交わします。多いのは、自分が死ねば魔鍵は血縁者(けつえんしゃ)に受け継がれる、というものですね」

これも、ほぼ正解で間違いないだろう。彼女が悩(なや)まされていた怪奇(かいき)現象は、全て魔鍵の防御(ぼうぎょ)機能が発動したことによるもの。キアナが知らず知らずの内に魔鍵と契約しており、また知らない間に魔鍵によって護られていた、ということになる。一体結界に何が反応したのかは、未だに謎(なぞ)であるが。

「……でも、それって」

そこで気がついたのか、クレル様が表情を曇らせて言った。

「キアナさんのお父様は……亡くなっていることになりますよ」

「残念ながら」

この部屋が長い間放置されていたこと、日記が途中で途切れていることからも、それは確定と言っていいだろう。

やや重苦しい雰囲気が一時流れたが、悲観している場合ではないと気持ちを切り替え、俺はクレル様に告げる。

「とにかく、魔鍵が封印されている場所に行ってみましょう」

「そうですね。キアナさんを呼んで――」

「クレル様？」

部屋を後にしようとした時、不意にクレル様が何かに気が付き日記に手を伸ばした。何だ？　と思って見つめると、彼女が手にしているのは一枚の手紙。裏表紙の間に挟まっていたらしく、手紙が入っていたと思しき封筒が微かに見えていた。

「……これは」

手紙に書かれていた文章を一読したクレル様は小さな声で呟き、すぐにそれを封筒に戻して扉の外へ出る。左右にある骨など、見向きもせずに。

俺はすぐに彼女の下へと駆け寄り、尋ねた。

「何が書かれていたのですか？」

「大事なことです。絶対に、キアナさんに読ませてあげないといけないことが——って、あれ？」

礼拝室に出たクレル様は封筒を手にしたまま室内を見回し、

「キアナさん？」

そこにいるはずの少女の姿が見えず、名前を呼んだ。しかし返答はなく、呼び声が室内に木霊するだけ。

時間にして僅か数分。

この暗い納骨堂で、キアナは忽然と姿を消した。

◇

姿を消したキアナを捜し、俺とクレル様は来た道を引き返した。

礼拝室の中では彼女の姿を見つけることはできず。加えて、入ってはいけないとされている先の通路に一人で行くとは考えられなかったので、ならば先に修道院へ戻ったのではないかと考えたわけである──クレル様が。珍しく尤もらしい推測をした我が主に従い、来た道を引き返し、微かでも手掛かりがないか隈なく捜した。結果は言わずもがなであったが。

「まぁ、最初から一人で修道院に戻ったとは思いませんでしたけど」

何の成果も得られないまま礼拝室に戻り、俺は正直な気持ちをボソッと告げる。と、クレル様はムッとした様子で反論した。

「こういう時は、可能性を一つずつ丁寧に潰していくのが最善なんです！　結果は、あれでしたけど……ぎゃ、逆にロートは、修道院以外にキアナさんの行方に心当たりでもあるのですか？」

「この納骨堂は古いですからね。何処かに落とし穴があり、そこに落下して木端微塵になっているとかでしょうか」

「物騒なこと言うのやめてもらっていいですか？」

「失礼しました」

謝り、俺も流石にそれはないなと思い直す。人が落ちられるほどの穴に落ちたならば、絶対に悲鳴や音が聞こえるはずだ。それを聞いていない時点で、可能性は消える。

ただ、クレル様の予想も最初から信憑性は低いものであった。

「幾ら動揺していたとしても、キアナは俺たちを置いて帰るような子じゃないと思います。そんなに冷たい奴に見えましたか？」

「そ、それは私もわかっていますけど……パニックになっている時、人は思いも寄らない行動を取るものなんです！」

「俺に盗み食いがバレたクレル様が猫の真似をして誤魔化そうとしていた時のように、ですか？」

「それを今言う必要が何処にあるんですか⁉」

過去のポンコツ悪事を持ち出され、クレル様は若干焦りを見せた。こういう引き出しのネタは沢山あるので、今後もどんどん活用していくとしよう。これからも増えるはずだからな。

張り詰めていた空気が和らいだところで、俺は話を戻した。

「少し脱線しましたが……最悪の事態は想定しておいたほうがいいかもしれませんね」

「最悪の事態というと？」

「キアナは何者かに拉致された」

「――ッ」

クレル様は息を呑み、まさか、という瞳で俺を見た。

「何者かって、一体誰が？」

「封印を弱めた者など。俺は最初から、第三者の魔法士によって一連の出来事が起きていると思っていましたからね。何も、封印が自然と弱くなったわけではない」

魔鍵の封印は通常、経年劣化で弱くなるほど柔なものではない。三桁単位の年月が経過しても厳重さが失われないよう、強固なものにするはず。礼拝堂の膨大で濃密なマナが封印のものならば、それは第三者によって封印が弱められた結果によって引き起こされたもの。キアナの父が失踪してから十数年程度で綻ぶはずがないからな。

であるならば、自然と可能性は一つに絞られてくる。

俺の説明を聞き、クレル様はわかりやすいほどに取り乱した。

「で、では、もっと急がないと！　こうしている間にもキアナさんが危険な目に遭っているかも――」

「落ち着きましょう。焦ると小さなことを見落とすようになります。今は落ち着いて、冷静に動くべきです」

「……すみません」

「いえ、取り乱すのは仕方のないことですからね」

クレル様を宥め、俺は正面にある通路に目を向けた。キアナからは入ってはいけないと言われていた、礼拝室の先の道に。通路に置かれているはずの燭台には一切火が灯っておらず、一寸先すら見えない暗闇が続いている。一度入れば出てくることはできない。それが事実だとしても、ほとんどの人は疑わないだろう。

俺が見つめている先を見て、クレル様が不安そうに俺の袖を摘まんだ。

「行く、つもりですか？」

「それしか選択肢は残されていませんからね。残して戻るわけにはいきません」

「それは、そうですが……うぅ」

クレル様の瞳に宿っているものは、明確な恐怖。それはそうだ。大の怖がりであるクレル様が、あの暗闇を見て怖がらないはずがない。俺ですら、好き好んで立ち入ろうとは思わないのだから。誰だって、避けたいと思うはず。

でも、今は行かなければならない。行方不明の少女を一人残して帰ることなどできるはずがない。余りにも、後味が悪いからな。

俺は不安と恐怖でいっぱいになっているクレル様の手を握り、柔和な声音で言った。

「クレル様。前回のこともあるため、暗闇に強い恐怖を感じられていることはわかります。敵の襲撃という危険もあり、そんな場所に貴女を連れて行くのは心苦しい。ですが……お願いします」

握った手に力を込め、俺は彼女の瞳を真っ直ぐに見つめた。

「俺と一緒に、先へ進んでください。無論、貴女に万が一のことがないよう、俺が全力でお守りしますので。安全は、お約束します」

「……このやりとりも、何回目ですかね」

「数えきれないほどに繰り返しているかと」

怖がるクレル様を説得するのは、何も今に始まったことではない。出会った頃から数えれば、優に二桁は行くはずだ。その都度、俺は頑張った彼女にご褒美も上げている。

やがて諦めたように肩の力を抜いたクレル様は、苦笑して言った。

「……はい、頑張ります。これが私たちの仕事ですからね」

「諦めが早くて何よりです」

「覚悟って言ってもらえますか？　それに、怖いのは変わりませんから、また歩くことになりますね。今回は前にキアナさんがいませんから」

「それについては、ご安心ください」

「え？」

きょとん、とした表情を浮かべたクレル様に、俺は片目を瞑って見せた。

「クレル様の恐怖心を弱めるための、秘策がありますので」

礼拝室から先の道を進み始めてから、数分後。

「ま、まさか、この状態で進むとは……」

眼前に浮かせたランプの灯だけが光る、暗闇の中。クレル様がやや震えた声で呟いた。

間近で聞こえた彼女の声には動揺と羞恥、そして微かに喜びも感じられる。通常ならば身体を震わせてその場に蹲ってしまう暗闇の中だが、今のクレル様からは怖気づいた様子は一切見られない。

「ご不快ですか？」

俺の作戦が成功したこと、嫌がられていないことを喜びつつ、俺はクレル様に尋ねた。

「……そうでないことをわかって言ってますよね？」

「ええ、それは当然」

「もう。意地悪はやめてください」

半分に細めた目で俺を見ながら、クレル様は不服そうに頬を膨らませる。彼女の中にある恐怖心が限りなく薄くなったことを嬉しく思い、俺は『やはり』と今の状態を見て言った。

「クレル様はいつまで経ってても慣れませんね。まぁ、そのおかげで今回の作戦が成功したわけですが」

「し、仕方ないでしょう！　その……こんなに密着することなんて、普段はないんですから……」

花も恥じらう可憐な表情で言い、クレル様はもじもじと両手の人差し指を合わせた。

俗に言う、お姫様抱っこ。今の俺はクレル様を横抱きに抱え、限りなく彼女と密着した状態になっている。零距離のため、彼女の体温が間近に感じられるだけでなく、普段よりも近い距離で彼女の美声が聞こえる。

俺の作戦はズバリ、お姫様抱っこをすれば羞恥と歓喜で恐怖を薄め、尚且つ密着することで安心させる、というものだ。負の感情を他の感情で相殺する、と言ってもいい。

その目論見は、見事に成功。絶叫せず、クレル様は比較的落ち着いた精神状態を保つことができていた。

「クレル様の恐怖を消すことができ、加えて俺も貴女と合法的に触れ合えるので基本能力が数段上昇する。もう俺たちは日頃からこの距離で生活したほうがいいと、神が言っている気がします」

「博物館の時にも似たようなことを言ってましたね……神様はそんなこと言わないと思いますけど」

「言わないのならば実力行使ですね」

「通じる相手じゃないでしょう……」

「やってみなければわかりませんよ。それとクレル様」

「はい？」

「支えておりますので、力を抜いても大丈夫ですよ」

先ほどから気になっていたことだが、クレル様は姿勢が崩れないようにするためか、やや身体に力を入れている。落ちてしまうことを危惧しているのだろうが、たとえクレル様がどんな姿勢になっても、俺はそんなヘマをしない。自分の力だけではなく同時に魔法も行使しているので、万が一にも彼女が落下することはない。

俺に促されたクレル様は一瞬迷いながらも、言う通りに身体を弛緩させた。

「じゃあ、お言葉に甘えて」

「はい。こうして間近にいる以上、クレル様が普段のように無防備で無警戒な様を晒していても大丈夫ですからね」

「微妙に貶されている気がするのは、気のせいですか？」

「そこは否定してくださいッ!!」

と、行方不明の人間を捜しているとは思えない、弛緩した空気が流れていた時。

「分かれ道ですね」

二つに分かれた道が現れ、俺は足を止めた。

どちらに進むかは、とても重要な判断になってくる。ここで選択を間違えれば、キアナを見つけることもできずに納骨堂の中を長時間彷徨うことになるからな。ミイラ取りがミイラになるようなことは絶対に避けたい。しかし、判断材料が全くないのも事実。

迷っている時間もないので、俺はクレル様に尋ねた。

「クレル様は、どちらが良いと思いますか？」

「う〜ん……」

顎に手を当てて思案し、クレル様は左の道を指さした。

「左が良いと思います。なんだか……そっちのほうが正しい気がします」

「わかりました。では、右に行きましょう」

「ねぇ、ちょっと？」

ジトっとした目で見つめられ、俺は踏み出しかけた足を元の位置に戻した。

「なんで逆に行くんですか。今のは私の選んだほうへ行く流れでしょう、どう考えても！」

「なんですか、じゃないですよ！

「なんですか」

「はぁ……」

クレル様の主張に溜め息を吐き、俺は『いいですか』と彼女に言い聞かせる。

「ご自分がポンコツであると理解してください。貴女は二分の一を的中させたこと、ないでしょう」

「……悔しい。否定できません」

勝った。悔しそうに拳を固めて歯噛みするクレル様を見ながら思い、俺は止めていた足を進める。聞いておいて何だが、本当に当てにならないのだ。クレル様がこれまで直感を見事に的中させたことは一度たりともない。二択に絞られたとしても、必ず外れのほうを引く。そんなところまでポンコツというのは、もはや才能なのではないかと。神はクレル様に一体何を与えているのか。とにかく、クレル様の逆が正解。これを覚えておけば正解を引き当てることができる。ポンコツが役に立つ、数少ない事例である。

右の道に入り、少し進んだ地点。

「！」

　地面にとある物を発見し、俺はそこへと歩み寄り、それを魔法で浮かせる。見つけたのは、記憶に新しい物だった。

「……キアナが持っていたランプか」

　落とした際の衝撃で割れたのか、ホヤには亀裂が入っている。中に入っていた油も漏れており、当然ながら火は消えていた。

　俺と共にランプを見つめていたクレル様が言う。

「これがここに落ちているということは……キアナさんはここを通った、ということで間違いなさそうですね」

「そうでしょうね。やはり、クレル様の勘を信じなくて良かった。ありがとうございます」

「うわぁ、全然嬉しくないですね」

　納得のいっていない表情をしているクレル様から、暗闇が続く通路の先へと視線を移した。キアナがここを通過したことは間違いない。こんな暗い道を明かりもなしで進むのは無謀だとは思うが……まさか、自分から捨てたわけではないだろう。

　彼女はここで何者かに襲われ、ランプを手放さざるを得なかった。そう考えるのが自然だ。それは同時に、この道の先に危険があることも示している。これまで以上に気を引き締めて進まなければならない。ここまで、思いっきり気を緩めていたけど。

小さな深呼吸をし、先へ進もうと、俺はランプを浮かせたまま足を踏み出す――その直前、気が付いてしまった。

「？　ロート、どうしました？」

「……」

クレル様の呼びかけにも応えず、俺はただジッと、正面の道を見つめ続けた。他の何事にも応じることができないほどに、俺の視線は視界に映ったそれに、釘付けにされている。逸らすことなどできるはずがなかった。

道の奥に、何かいた。

黒以外の色が存在しない世界で、それは圧倒的な異彩を放っていた。全体像をはっきりと視認することはできないが、全体的に白い色をしている。不気味なことに、常に身体を左右に揺らしており、そのままの状態でこちらへと近づいていた。速度は遅いけれど、確実に、俺たちのほうへと迫っている。

あれは、もしかして……。

注視していた物体の正体に気づきかけた時、ふと、両腕にガクガクと振動が伝わってきた。反射的に視線を下げると、クレル様が瞬き一つせず、真顔のまま、身体を震わせて俺と同じ方向を見つめていた。あの、白い物体を。

絶叫五秒前。このままでは俺の鼓膜が終わる。

直感で察した俺は咄嗟に、クレル様の耳にそっと息を吹きかけた。

「ひゃ――ッ」

「落ち着いてください、クレル様。あれは……幽霊ではありません」

「え」

喉元までせり上がっていた絶叫を呑み込んだクレル様は俺が告げた事実に驚き、全身の震えを止めて道の先を注視した。

「あれが幽霊じゃないって、一体どういう……」

困惑するクレル様に、俺は近付いてくる白い物体に向かって顎をしゃくった。

「よく見てください。貴女も魔法士であるのならば、すぐにわかるはずです」

「魔法士？」

不思議そうに俺の言葉を復唱したクレル様は、勇気を持って白い物体へと目を向け、注視する。と、彼女は数秒程で『あっ！』と声を上げた。

「もしかして、マナ、ですか？」

「はい。あの白い物体を構成しているのはマナ……つまり、あれは幽霊などではなく、魔法士によって生み出された存在です」

クレル様を失神させたものと同じだろう。人の形をしているが、決して幽霊などという未知の存在ではない。正体は俺たちが日頃から使っている、魔法士にとって最も身近と言ってもいい、マナである。

俺たちの眼前で足を止めたそれはややあって、来た道を引き返した。

「ついて来い、ということでしょうか？」

「そうでしょうね。何処に連れて行くつもりなのかは……予想できます」

怪しげなそれの背中（？）を注意深く観察し、妙な動作をすれば即座に対応できるよう魔鍵を浮かせ、俺たちは後に続く。

やがて辿り着いたのは、納骨堂の礼拝室によく似た小さな部屋だった。人の気配がない無人の部屋は、何故か全ての燭台に火が灯されており、通路とは違って明るい。それも、部屋の全貌がわかるほどに。

「！　あいつ、何処に行ったんだ？」

忽然と姿を消した白い物体を捜し、室内に視線を巡らせる。と、俺たちから少し離れた壁際にいた奴は、ゆらゆらと身体を左右に揺らし――次の瞬間、壁の中へと消えていった。

そこは不自然なことに、燭台が三つも並べられている壁。他の壁と比べても淡い白をしており、新しく造られたことがわかる。加えて……表面には何か、魔法式のようなものが書かれていた。はっきりとは見えないものの、何か文字のようなものが彫られている。

俺は一度クレル様と顔を見合わせた後、彼女を腕から下ろし、二人並んで問題の壁へと近づいた。そこに書かれていた魔法式は、俺が見たことのない種類のものだ。楕円状に文字が書かれており、中央には星形の紋章。

詳細な効力は不明だが、他の記述式魔法と同様に、マナを流すことで発動することができるのだろう。例えば、壁が消滅する、扉のように開く、など。あの白い物体がここをすり抜けた意味を考えれば、この先に続く場所に俺たちを誘っていることは容易に推察できる。

となれば、俺のするべきことは一つ。

宙に浮かせていた守護盾鍵を手に取った俺は、その手をグッと固めて拳を作り――、

「フ――ッ!!」

書かれていた魔法式をガン無視し、防御魔法を纏わせた拳で壁を殴り壊した。ガラガラと音を立てて崩れる壁は、何と無残なことか。脆すぎる。お絵描きをする暇があるのなら、もっと頑丈に造れと言いたい。この程度で俺たちの進路を塞げると思うな。

地面に散乱した破片を見て、クレル様が苦笑した。

「強引過ぎですよ。てっきり、魔法式にマナを流すのかと思いました」

「こんなところで余計なマナを消費したくないので。罠である可能性もありますから、結局のところ拳が一番なのです。皇帝陛下を殴る時と同じですね」

「最高権力者を殴らないでくださいよ」

「保証はできません。さぁ、予想通り道が続いていますし、先へ――」

カツン。

クレル様に先へ進もうと促した途端、甲高い靴音が響き渡った。音の発生源は、壁の先に続いていた通路の、更に奥。

この先に、誰かがいる。

続けて幾度も鳴り響く靴音に耳を澄まし、俺たちは燭台に灯された火が照らす道の奥に視線を固定する。靴音はこちらへ近づくに連れて大きくなり――やがて通路の左側から、捜していた少女が姿を現した。

「！　キアナさん！」

姿を見せた少女――キアナの姿を視界に捉え、クレル様は彼女の名を呼び安堵の息をつく。どうしてこんなところにいるのかはわからないが、とにかく無事で良かった。そんな安心を抱いているのがよくわかる声色だ。

そんな主人とは対照的に、俺は安心するどころか、より一層警戒感を強めた。

何か様子がおかしい。キアナは一言も喋ることなく、光のない虚ろな瞳でこちらを見つめている。何を思っているのか、考えているのか、感情のない表情では何一つ読み取ることができない。あまりにも不気味で、とても安心して近付くことはできない。

無防備にキアナへと駆け寄ろうとしたクレル様を引き留め、俺は彼女に注意を促した。

「お待ちください。何か、今のキアナは妙です」

「え、妙って……」

「何者かに操られている可能性があります」

キアナの一挙手一投足に注目し、少しでも敵対的な行動を取れば対応できるように構える。彼女の身に何があったのかはわからないが、少なくとも普通ではないことは確かだ。あまりにも不自然な彼女に、何も考えずに近寄るのはあまりにも危険。まずは、遠くから声をかけてどんな反応をするのかを確かめなければ――。

「少々、お招きするのに時間がかかっているのでは？」

突然、この場の誰のものでもない、男の声が聞こえた。低い声音と、やや紳士風の喋り方。その特徴には聞き覚えがあり、頭の中には自然と声の持ち主の姿が浮かぶ。

まぁ、怪しいとは思っていたが……こいつが黒幕か。

視線を鋭くし、俺は何食わぬ顔でこの場に現れた声の主に呼び掛けた。

「簡単に姿を見せても良かったのか――神父様？」

「構いませんよ。どの道、改めてご挨拶をしなければならないと思っていましたから」

姿を見せた男――神父は初めて会った時と同じ微笑を浮かべ、キアナの肩に手を置いた。

「神父様……キアナさんに、一体何をしたんですか」

キアナの様子がおかしくなった元凶が神父であると知り、クレル様は怒りを滲ませた声で問い質す。しかし神父はそれに答えることはなく、微笑を浮かべたまま右手を持ち上げ指を鳴らした――途端、俺たちの周囲では立て続けにバチッ、と何かが弾ける音が鳴り響いた。

この音は、俺が展開する障壁にマナが衝突した際に発生するもの。修道院を調査している時に聞いた音と同じだが……今回は前回よりも格段に多く、更には衝撃も伝わってくる。相当乱暴に結界を叩いている証拠だ。音のするほうへ視線を向けると、そこには透明な人間のシルエットが確認できる。攻撃を仕掛けているのは、こいつらだ。

「鬱陶しい——衝力反射」

衝撃反射魔法を発動し、障壁に与えられた力を攻撃者たちに返す。直後、俺の反撃を受けたそれらは白いマナの残滓となって消滅した。

それを見て、神父は悩ましそうに顎へ手を当てる。

「やはり、私の霊はまともに戦うどころか、近付くことすらできないようですね。流石は皇国最強の盾。厄介な結界が張られているようだ」

「有象無象を通過させるほど、俺の魔法は脆くない。どうしても傷を負わせたいのなら、隕石でも降らせることだ」

「それほどまでに強固な防御魔法……第七天鍵とは言わずとも、第六天鍵の位階はありそうだ。実に厄介」

親指の爪を噛み、神父は忌々しそうに呟く。口調では紳士を気取っているが、段々と化けの皮が剥がれてきている。性格や育ちの悪さが、爪を噛む動作からよくわかった。

俺はクレル様の一歩前に立ち、手にした守護盾鍵の先端を神父に向けた。

「今の音は修道院でも一度聞いた。キアナが悩まされていた怪奇現象というのも、お前が元凶と見て良さそうだな」

「元から気づかれるとは思っていましたが……如何にも」

肯定した神父は指を鳴らした右手を広げ、そこに、紫紺のマナを纏う魔鍵を召喚した。

骸骨のような形状をした、お世辞にも美しいとは言えないデザイン。禍々しい不吉な雰囲気を漂わせるそれを掲げ、誇らしげに言葉を連ねる。

「私の魔鍵――従僕死鍵は、霊を生み出し使役する、死者の魔鍵！　見えない霊体は勿論のこと、生者や死者を問わず霊を取り憑かせ、その者の意思に関係なく操ることも可能なのです。聖封解鍵の手がかりを求め、生み出した霊に修道院内を探らせていました」

「とことん人の尊厳を無下にする力ですね……キアナさんも、貴方に――ッ」

「そう仰らないでください、皇女殿下。いつの時代も、力そのものに罪はないのです。それに……キアナさん」

「……」

神父が呼び掛けると、キアナは無言のまま両手を前に突き出し――赤銅色に輝く魔鍵を呼び出した。神父が持つ従僕死鍵とは正反対と言ってもいい、輝かしく美しい、神聖さをも感じる魔鍵だ。

物自体は初めて見る。しかし、キアナの父親が遺した日記を見た今、俺たちにはあの魔鍵の名前がわかった。

「それが——聖封解鍵」

「ええ。私が捜していた魔鍵ですが、キアナさんが持っているとは思いませんでした。貴方方の会話を霊に盗み聞きさせていた甲斐があった。以前の契約者である先々代神父が、まさか彼女の父親だとは……全くわかりませんでしたよ。彼の死体の傍に魔鍵が無かったので、当時は随分と困りました。折角修道院を焼いたのに、目的を果たすことができなかったのですから」

「焼いた？　お前は、先々代の神父が心中したと言っていたはず……」

「あれは嘘ですよ」

驚愕の事実を明かした神父はニヤリと笑い、まるでそれを誇るように両手を広げた。

「真実は——聖封解鍵を手に入れるため、私が修道院を焼き払った。どうです？　驚いていただけましたか？」

「ゴミ野郎が……」

「悪く言わないでいただきたい。誰かにとって私は悪だとしても、また誰かにとっては正義でもあるのですから」

全く悪びれる様子のない神父には、心底反吐が出そうになる。目的のために手段を択ばないイカレた輩は大勢いるが、こいつはその典型的な例だ。痛む心を押し殺して罪を犯すのではなく、それ自体を楽しんでいる、快楽主義者。

許されるのであれば、今すぐに叩きのめしてやりたい。が、まだだ。こいつには色々と聞くことがあるし、何よりキアナが奴の手中にある。下手に動けば、犠牲者が一人増えることになってしまう。

衝動を堪え、俺は怒り心頭といった様子で魔鍵を召喚しようとしていたクレル様を制止し、神父への質問を続けた。

「では、礼拝堂に満ちていた膨大なマナも、お前の仕業か」

「……それについては、実際に見ていただいたほうが良いでしょう」

神父はキアナを先に行かせ、俺たちに追従するよう促した。

「こちらへどうぞ。その質問の答えは、ここにありますので」

通路の左へと消えていった神父。奴の姿が見えなくなったところで、クレル様が俺の服を引いた。

「ロート。早く、あの神父を倒しましょう」

「気持ちはわかりますが、駄目です。キアナを見殺しにするというのであれば話は別ですが……そんなこと、貴女は望まないでしょう？」

「それは、そうですけど……

悔しさを滲ませ、クレル様は下唇を噛みしめる。すぐに行動に移すことができないもどかしさは、俺も同じだ。けれど、今は我慢の時。全ての障害が消え去った時、全力であの神父の顔面に拳を叩きつけるとしよう。

気持ちが荒ぶっているクレル様を落ち着かせ、俺は二人が消えていった部屋に入った。

真っ先に飛び込んできたのは、青銅色をした巨大な扉。重厚で頑丈、大抵のことでは傷一つつかないであろう耐久性を窺わせる。

こんなものが納骨堂にある理由は、既にわかっている。あまりにも場違いな扉を見れば、予想はすぐにつくものだ。

「それが魔鍵を封じている扉。そして封印を解いたことによって漏れ出たマナが、礼拝堂にまで移動したということか」

「やはり、貴方はとても頭がいい。その通りですよ、ロート様」

俺の解答を聞いた神父はよく響く拍手をし、補足した。

「封印の扉は元々五重になっていましてね。やや時間はかかりましたが、四つ目を一昨日の夜に解くことができたのです。これまでは誰にも見つからずに解くことができていたのですが……まさか、お二人に見つかってしまうとは思いませんでした」

「詰めが甘いとしか言えないな。部外者が修道院にいるのだから、もっと慎重に行動するべきだった……二つ、質問がある」

「ええ。どうぞ」

快諾した神父を睨みつつ、俺は彼に問うた。

「一つ、既に最後の封印も解かれ、中にある魔鍵を奪うことができる状態にも拘らず、扉を開かない理由は？」

「……まだ、私は本当の目的を言っていませんが？」

「俺をお前と同じ腐った頭の持ち主だと思うな。キアナの魔鍵を狙った時点で、目的は明白。わからないわけがないだろう」

封印を解く魔鍵というのは、キアナの父親の日記に書かれていたからわかる。それを奪うというのならば、必然的に目的は封印された魔鍵を奪取することになる。そんなこともわからない頭ならば、俺はクレル様の執事を務めていない。

「二つ、ここまで俺の質問に、従順に答えていた理由は？　一応、俺たちは敵だからな。律儀に答える必要はない」

「……本当に、扱いづらい人は嫌いだ」

顔を顰めた神父はキアナを扉の近くに移動させ、質問に答えた。

「まず、二つ目の質問からお答えしましょう。私はこれから、お二人にとあるお願い事をします。こちらが要求するのであれば、相手が求める情報を提供するのは道理ですからね」

「お願いだと？」

「ええ。それが一つ目の答えになります」

前置きした神父は従僕死鍵を持つ右手とは反対、空いた左手をこちらに向かって差し出し――告げた。

「クレル＝カレアロンド第三皇女殿下。貴女が持つ第七天鍵の魔鍵を、私に渡して頂きたい」

「……私がそれを拒否するのは、わかっているはずですが」

怒りながらも、クレル様は毅然とした態度で返す。

不遜にも程がある要求だ。全魔法士の頂点に君臨する『王』であるクレル様に、その力の象徴とも呼べる魔鍵を寄越せなど……他の『王』であれば、その場で殺されるだけではなく、血縁者全てが皆殺しにされているだろう。俺は今、クレル様がこの場に隕石を落としたとしても文句は言わない。それだけのことを、この男は口にしているのだ。

クレル様の拒絶を聞き、神父は表情を変えることなく続けた。

「無論、簡単に応じてくださらないのは想定済み。ですので、場所を変えましょう――キアナ」

「……」

霊に憑依されているキアナは神父の呼びかけに応じ、手にしていた聖封解鍵の先端を扉に触れさせた。すると、扉は青銅色から赤銅色へと変化。ギギギ、と音を立てながら徐々に左右へ開いていく。

開かれた扉の隙間からは、猛烈な濃度のマナが感じられた。

「クレル様！」

「――！」

本能が危険と警鐘を鳴らした瞬間、俺はクレル様の肩を抱き寄せる。場所を変えると、神父は言った。であれば、あの扉が開くことによって起こる事象は――。

「ご招待しましょう。時の存在しない世界へ！」

神父の高揚した声が鼓膜を揺らした瞬間――視界は、真っ白に包まれた。

第五章　温かな真実は、親子の絆を簡単に修復できるものである

「……ッ」

ズキッ。突然頭に響いた鋭い痛みに、俺は目を覚ました。

俺はどうして眠っているんだ。今の姿勢は、地面に倒れている？　疲労が蓄積しているのか、身体が鉛のように重い。今は、何時だ？

ぼんやりとした頭で色々なことを考えながら、俺はもう一度眠りたい欲求に抗い、硬い地面に両手をついて身体を起こした。瞼は完全には開いておらず、ぼやけた視界で周囲に目を向け、頭に残る最後の記憶を掘り起こす。

俺は確か、白い人影に導かれて納骨堂の奥へ行った。そこで、神父の操り人形になっていたキアナを見つけ、それから部屋にあった扉を――ッ！

「クレル様――ッ！」

記憶を確認したところで、俺の傍に最愛の主の姿がないことに気が付き、慌てて彼女を捜す。はぐれてしまわないように抱きしめていたはずだが、一体何処に……。

勢いよく立ち上がり、鮮明になった視界で捜すこと数秒。

「！　よかった……」

俺のいる場所から数メートル離れた場所にクレル様の姿を見つけ、安堵の言葉を零した。

彼女は先ほどの俺と同じように身体を地面に横たえ、目を閉じて眠っている。見たところ外傷はないため、きっと無事だ。

彼女の下へと駆け寄り、倒れた身体を抱き起こして呼び掛ける。

「クレル様。起きてください」

「……んぅ」

身体を揺らすと、クレル様は可愛らしい呻き声と共に瞼を持ち上げた。毎朝と同じ、寝起きの反応。これなら身体に異常もなさそうだ。

半分だけ開いた目で俺を見たクレル様は、まだ頭が上手く働いていないらしく、頭上に疑問符を浮かべながら首を傾けた。

「？　ロート？」

「はい、俺です。二度寝したい気持ちはよくわかりますが、今はしっかりと目を覚ましてください」

「え？　何をそんなに慌てて、て……ッ!!」

話している途中で頭が覚醒したらしい。クレル様は半分閉じていた目を見開き、上体を起こして周囲のあちこちへと視線を向けた。

「もしかして、私たちは何処か知らない場所に飛ばされてしまったんですか⁉」

「落ち着いてください。焦る気持ちも理解できますが、今は冷静になる時です」

「ッ！　す、すみません……」

「いえ、お気になさらず。とにかく、今は記憶の整理と情報収集に努めましょう」

そう言い、俺は納骨堂で起こった全ての記憶を洗いつつ、周囲の景色に目を向けた。

灰色の世界。そう形容するのが最も正しいと思えるほど、この世界には色がなかった。生えている木は全て枯れ果て、舞い上がった砂埃や小石は宙に浮いたまま静止している。空に広がる曇天も一切動かず、時間という概念が存在していないようにすら感じられた。

とても現実の光景とは思えない世界を見つめていると、不意にクレル様が言った。

「異様というか、異質な世界ですね。不完全と言いますか……」

「ここは創られた世界ですから、その表現は正しいかと」

「創られた世界？　何ですか、それ」

彼女が初めて聞く単語。それについて、俺は簡単に説明する。

「数ある魔鍵の中には、世界を創る力を持つ種が存在します。創られた世界というのはっまり、魔鍵の能力によって生み出された世界ということになります」

「そんな魔鍵が……凄い力ですね」

「ええ、俺やクレル様の魔鍵にはない力です。ただ、当然欠点は存在する」

俺はすぐ近くにあった、空中で固定された小石に触れた。どれだけ押しても、引いても、加えた力には反応を示さず、その場から動かない。

「このように、魔鍵が生み出す世界は必ず、何かが欠落した世界になります。幾ら魔鍵は神秘の道具であると言っても、完璧な世界を創ることはできない。この世界の場合は……時間が存在しないのでしょう。破壊されたまま、再生することはない。記憶が途切れる直前、神父はそう言っていました」

「時間が存在しない……そんな世界では、生活することができませんね」

「はい。だからこそ、ここは魔鍵を封印するのに適しているのでしょうけど」

キアナが封印の扉を開いたことによって、俺たちはこの世界に引き摺りこまれてしまった。彼女が持つ聖封解鍵は、魔鍵を……いや、任意のものを封じる力を持っている。それはきっと、この世界に閉じ込めることで封印とする力だ。

つまり、この世界は聖封解鍵によって創られた世界。この世界で起きる全ての事象の権限は魔鍵の保有者であるキアナにあるため、彼女が神父の手に落ちている今、俺たちはこの世界から出ることができないわけだ。それはクレル様も理解しているようで、難しい表情で腕を組んだ。

「あの神父が強気に私の魔鍵を要求したのは、これがあったからでしょうか？」

「恐らくは。キアナが許可しない限り出ることができない世界に閉じ込めてしまえば、こちらには為す術がないと考えたのかと」

言ってしまえば、これが神父の切り札というわけだ。脱出不可能な世界に俺たちを閉じ込めてしまえば、焦りと動揺で冷静な判断ができなくなり、魔鍵を手渡すと。

はっきり言って、浅はかな考えだ。魔鍵は一度契約すれば、ある例外を除いて手放すことはできない。手に入れるためには、契約者の死が不可欠になる。俺がクレル様を死なせるわけがないので、この要求は最初から破綻しているし、目論見が上手く行くことはない。

それに、出る方法は一つではないのだ。

「クレル様がこちらにいるので、俺たちはいつでもこの世界から出ることができます」

「私？」

「はい。貴女が持つ魔鍵――墜星神鍵の力があれば、この世界を破壊することができる。世界と言っても魔法に違いはありませんから、大きな損傷を受ければ消滅します」

本来であれば、世界が消滅するほどの損傷を負わせることは不可能。しかし、クレル様が持つ魔鍵は、魔鍵の頂点に君臨する最強の代物。威力を抑えた一撃ですら、問題なく壊すことができるはずだ。というか、全力で使うと現実世界にも影響が出る可能性があるので、使ってはいけない。

出ようと思えば、いつでも出ることができる。が、それは今ではない。

「まずは神父を捜しましょう。ここに魔鍵が封印されているのならば、絶対に来ているはずです。クレル様が一撃をお見舞いするのは……キアナを取り戻してから」

方角もわからない灰色の世界を歩き出す。ここに留まっていたら、何も変わらない。今はとにかく歩き、キアナと神父の手がかりを見つけるべきだ。

「……あの、ロート」

「？　はい」

歩き始めて、十数分。クレル様の呼びかけに応じると、彼女は悩ましそうな表情で俺に問うた。

「キアナさんのことなんですけど……彼女はロートのように、魔鍵で自分を護っているんですよね？」

「そのはずです。正確には、護られている、ですが」

俺の場合は意識的に魔法を展開しているが、キアナの場合はそうではない。彼女が聞いていたのは、神父が生み出した霊が障壁に攻撃する音。その証拠に、彼女は聖封解鍵(ポラリス)という魔鍵を持っていたから、間違いないだろう。

それが一体、どうかしたのか。問い返すと、クレル様はこう答えた。

「なら、どうして……キアナさんは、神父に操られているのでしょう」

「それは――」

言葉に詰(つ)まった。そうだ。確かに考えてみれば、おかしな話である。魔鍵の力に守られているはずのキアナが神父の霊に取り憑かれている。どうして魔鍵の守護を貫通(かんつう)しているのだろう。神父がより強力な霊を使ったとか、聖封解鍵(ポラリス)が一定以上の魔法(まほう)を防げないとか、考えられる要因は幾つもある。だが、いずれにしても、あれだけ従順に操られているのは疑問が残ることだ。魔鍵の力が機能しているのならば、微(かす)かでも神父の魔法に対して抵抗(ていこう)し、それが事象――一瞬(いっしゅん)でも命令に抵抗しようと身体が動く、もしくは体内からマナが放出される――として現れるはず。それらが目撃(もくげき)できていないということは、魔鍵の力が十全に発揮されていないということだ。

何が、力を弱める原因になっているのか。思い当たる可能性について考えていると、

「あ！　ロート、あれ！」

クレル様が前方を指さし、俺の服を引っ張る。彼女が指を向けたほうを見ると、そこに

は今までになかった、奇妙な光景があった。

背中に翼を携えた天使の石像が、三角形を作るように並んでいる。細部まで精巧に造られており、今にも目を開いて動き出しそうな雰囲気だ。

何かの儀式に使われていたのではないかという印象を抱かせる三つの天使像。その中心に聳え立つ枯れた大樹の幹には、巨大な琥珀と見られる宝石が埋め込まれている。そして、その琥珀の中には、星形の先端を持つ魔鍵が一本。マナも完璧に封じられているらしく、エトワの魔鍵に見られたような禍々しさ、神々しさは感じられない。

その代わり、とてつもない神秘性が感じられる。色のない世界で、その魔鍵は際立って輝いて見えた。

あれが、この世界に封印された魔鍵。

もっと近くで見てみたいという魔法士の欲求に抗えず、俺は止めていた足を進めて近付こうとする。が、その直前に響いた声に、動きを止めた。

「少し出遅れてしまいましたね。飛ばされた場所が悪かったようです」

「クソ神父……」

声の主を呼び、俺はクレル様を背中に庇う。不敵な笑みを浮かべて余裕綽々な様子の神父の後ろには、表情のないキアナがいた。聖封解鍵を握る手にはあまり力が入っておらず、肩も落ち猫背気味の姿勢になっている。やはり、魔鍵の加護は十全には発揮されていないようだ。

気がかりではあるものの、俺は一度キアナのことを頭から離し、神父に魔鍵について聞く。

「あれが、お前の狙っている魔鍵か」

「ええ、その通り」

頷き、神父は封印の魔鍵に視線を向けた。

「名は——全録記鍵。既に先々代が遺した日記で知っているでしょうが、あらゆる事象を記録する能力を持つ、第四天鍵の位階を持つ魔鍵です」

「第四天鍵……」

予想よりも低い位階だった。

全ての魔鍵に当てはまるわけではないが、大勢から狙われる破格の力を持つ魔鍵は大抵、第五天鍵以上の位階であることが多い。てっきり、俺もそのくらいの位階なのかと思っていたが、これは予想外。

だが、位階は中位だとしても、これだけ厳重に封印が施されるのだから、それなりの理由があるはずだ。単に記録するだけではない、何かが。それが一体何なのかは、俺には理解しかねるが——。

「全ての魔法」

唐突に、神父はそんなことを言った。それに、俺は眉を顰める。

「全ての魔法、だと？」

「はい。それが、全録記鍵がこの世界に封印されている理由です。太古の昔、魔鍵が創造された時代から現代までに存在した、全ての魔法が記録されている。この意味が、貴方にはわかりますか？」

「……」

神父の説明に、俺は愕然とした。

当然、俺はその意味を理解している。これまで魔法士によって生み出されてきた全ての魔法が記録されているならば、その中には、大災厄とさえ言われた大量殺戮魔法も含まれているはずだ。学ぶことを禁忌とされ、歴史の中で破棄された産物。あの魔鍵——全録記鍵が神父の手に渡ることは、再び歴史的な大災厄が引き起こされるということ。何千、何万という犠牲者を生む危険どころの騒ぎではない魔法が、世に解き放たれるのだ。

絶対に阻止しなければならない。今、俺たちが未然に防ぐことができなければ、大勢の命が奪われる結果に繋がってしまうのだから。

「さぁ、キアナ。全録記鍵を持ってきなさい」

神父の求めに応じ、キアナはややふらつきながらも真っ直ぐに大樹に向かって進む。意識を封じられている以上、こちらからの声掛けは無意味。力ずくで止めるしかない。

「結晶透壁」

キアナの進行を止めるため、俺は彼女の周囲に水晶の壁を五重に構築。強力な衝撃魔法を受けても傷一つつかない頑強な壁ならば、破壊されることもない。これならば、キアナが全録記鍵の封印を解くことはないはずだ。

と、そう考えた直後——突然、何の前兆もなく、キアナを囲っていたそれが消滅した。粉砕された際の音は一切響かず、ただ静かに、積み上げられた砂が風に運ばれていくように、マナの残滓となって消えていく。

驚愕に言葉を発することもできなかった俺を見て、神父は得意げに言った。

「私は何の勝算もなく『王』に歯向かう馬鹿ではありませんよ。確実に勝つ手段があるからこそ『王』の力を要求したのです」

「魔法を無効化できる……世界の支配者なら、こういうことができても不思議ではないか」

苦々しく言いながら、俺は左手を掲げて水晶の塊を生み出す。が、それは一秒程度でマナの残滓となり消滅してしまった。

この世界にいる限り、俺は魔法をまともに扱うことができないということだろう。キアナが命じれば何でもできるというわけではないだろうが、少なくとも、他者の魔法を制限できる力は非常に厄介。もしかしたら、クレル様でさえ封じられてしまうかもしれない。

「従僕死鍵(ネメシス)——霊騎士団(メラゼロン)」

魔法が封じられたことに焦りを感じていると、神父が従僕死鍵(ネメシス)を掲げ、魔法を発動。彼の背後に不気味な紫色(むらさきいろ)の霧(きり)が出現し、一瞬後、霧は形を持ち、神父の奴隷(どれい)である死者の姿を模(かたど)った。骨の両手に剣(けん)を持つ骸骨、全身に霧のローブを纏い大鎌(おおがま)を構える死神、幾本もの腕を持つ異形の怪物(かいぶつ)など、出現した死者の軍勢は六十体を超(こ)えている。

顕現(けんげん)したそれらを愛(いと)おしそうな目で見た神父は両手を広げ、再度言った。

「魔法も使えない状態で、貴方方に勝ち目はない。さぁ、大人しく第七天鍵(アラボド)を差し出してください。そうすれば……一撃で首を刎(は)ね、楽に殺して差し上げましょう」

「殺されることをわかっていて渡す馬鹿が何処にいるんだよ」

舌打ちしつつ、俺は歩き始めたキアナを肩越(かたご)しに見やった。

いよいよ、本格的にまずいことになった。魔法を消滅させる力を持つキアナを止め、死者の軍勢で殺しに来る神父を倒す。これを同時に行うのは、幾ら俺でも不可能というものだ。しかも、こちらが魔法を使えるのはたったの一秒。キアナの意識を刈(か)り取れば止まるというのなら話は別だが、残念ながら取り憑いた霊に操られているため既に意識はない。彼女の身体を傷つけるだけだ。

何か、何か状況を打開できる策はないものか。ジリジリと迫り来る死者の軍勢を睨みつけながら思考を巡らせていた時――クレル様が俺に声をかけた。

「私がキアナさんを止めます」

「止める、ですか？」

俺はクレル様に視線を向け、困惑に首を捻った。

あのキアナを止める？　一体どうやって？　魔法の使用は制限されており、たとえ使えたとしてもクレル様がまともに扱うことができる魔法は超威力の破壊魔法のみ。〝止める〟ではなく、確実にキアナを殺してしまう。

だが、そんな俺の疑念は想定済みだと言わんばかりに、クレル様は俺の目を真っ直ぐに見つめて言う。

「魔法は使わないので、安心してください。私に、考えがあるんです」

「考え、ですか」

「はい。ただ、その間は無防備になるので……ロートは何とか、あの幽霊たちを食い止めてください！」

「……」

熱意のある瞳と言葉に、俺は小さな息を吐いた。

全く、俺の主人は無茶を言ってくれるものだ。魔法がまともに使えない俺に、十全に力を振るう死者の軍勢の相手をしろ、と。しかも、ただ相手にするのではなく、クレル様とキアナを護りながら。ただの一流魔法士であれば、そんなことをするのは不可能だろう。十数秒程度で数の暴力に負け、一方的に蹂躙されるのがオチだ。

あまりにも無理な頼み。けれどもこれは、他ならぬクレル様からのお願いである。世界で一番愛している女性からの頼みならば、断るわけにはいかない。

「……時間は、どれくらいかかりそうですか？」

「も、申し訳ないんですけど、見当もついていません」

「つまり、時間は無制限。加えて成功するかもわからない、一か八かの運勝負であると」

「そ、そうなります」

「なるほど――了解しました」

無茶が過ぎるな。改めて思いながら、俺は守護盾鍵を構え、死者の軍勢に相対した。

「無謀であることに変わりはありませんが、主人を信じるのが従者というものです。時間は幾らでも稼ぎますので……キアナは、お任せします」

「……はい。ありがとうございます、ロート」

「礼には及びません。それと、サポートは一度しかできませんので……さぁ、早く！」

「……ご無事で」

その言葉を残し、クレル様はキアナの下へと駆けて行った。

最近の彼女は足を酷使しているが、大丈夫だろうか。この件が終わったら、しっかりとマッサージをして休ませてあげないと。そんなことを考えながら、俺は眼前で動きを止めていた死者の軍勢、そして神父に目を向ける。

「待ってもらって、悪かったな」

「いいえ。要求に応じていただけなかったのは残念ですが、貴方方には最後まで抵抗する権利がありますので。不意打ちは嫌いですし……何よりも、人の子が持つ権利を尊重するのが神父としての務めです」

「似非神父風情が」

「フフ、それが最後の言葉でよろしいのですか？」

従僕死鍵を掲げた神父は笑い、それを俺に向けて振り下ろす。途端、最前列にいた五体の霊が、各々が持つ武器を振り上げて俺に突進してきた。鋭利な刀剣類に、鈍重だが強力な近接武器の数々。一撃でも食らえば、即座にお陀仏。迫り来る凶器を前に、俺は右手に握る守護盾鍵（プロキオン）を軽く振った——直後。

「——なに？」

振り下ろされた全ての武器が粉砕され、神父は怪訝そうに目を細めた。否、武器だけではない。粉砕されたそれらを持っていた霊の腕も同じように破壊され、そこからマナが噴き出し、数秒後には身体を消滅させていく。

対する俺は、無傷だ。

「馬鹿な。魔法が使えないはずでは……」

「使えるだろ——一秒だけ」

宙を漂っていたマナの残滓を振り払い、守護盾鍵（プロキオン）で肩を叩きながら答える。確かに、十全に魔法を扱えるわけではない。だが、一秒だけでも魔法が使えるのならば、話は全く別だ。鍛錬も積まず、魔鍵の能力にだけ頼った魔法士と互角に戦うのは造作もないこと。俺は一流の魔法士ではなく、超一流の魔法士だからな。

「甘く見過ぎだ。魔法を制限すれば楽に勝てる、負けるわけがない。その慢心で俺たちに時間を与え、自分の隙を晒した。過信、慢心、その弱点が自分の首を絞めていることに気が付け」

「……霊なら、まだ増やせます。それでも勝てると？」

「別に、全てをまともに相手しなくちゃいけないわけじゃない。こっちの勝利条件は決まっているからな」

クレル様がキアナを正気に戻すまで耐えれば、俺の勝ちだ。

勝利条件を再確認し、俺は首元のネクタイを片手で緩め、挑発した。

「来いよ、素人。格の違いってやつを教えてやる」

「もう、あんなところまで……」

ロートに神父の相手を任せた私は、前方にいるキアナさんを見て焦った。速度は遅いけれど、彼女は確実に大樹の下へと向かっている。距離的には一分足らずで、魔鍵の下へと辿り着いてしまうと思う。何とか、その前に追い付かないと……。

「う――ッ」

ズキ、と足首に走った痛みに呻き声を上げ、私は走る速度を緩めた。

元々、私の身体は強くない。全力で走れば、こうしてすぐに足が痛んでしまう。しかも、先日は長時間修道院の中を歩き回ったので、その疲労も響いたのだと思う。気を抜けば進

む足を止めてしまいそうになる。

でも……止まってなんかいられない。気持ちを持ち直し、緩めた速度を元に戻す。これくらいの、ちょっと足が痛いくらいで止まるわけにはいかない。ここで挫ければ大変なことになるのはわかっているし、それに何より、ロートにはとてつもないほどの無茶をお願いしてしまったから。こんなところで挫けていたら、失望されてしまうかもしれない。それだけは、絶対に嫌だ。

自分自身に発破をかけ、転倒しないように注意し――天使像が作る三角、その内側で、キアナさんに追い付いた。

とにかく、まずは動きを止めないと。そう考え、私は彼女の背中へと倒れるように飛びつき、そのまま押し倒した。

「はぁ……はぁ……、ごめんなさい」

謝りつつ、身体を起こした私はキアナさんの正面に回り込んだ。ここから先にあるのは、封印された魔鍵――全録記鍵。隙をついて封印を解きに行かないよう、進行方向は塞いでおかないと。

「ぐ……ぅ」

呻き声を上げたキアナさんは両手を地面について身体を起こす。見ると、今の倒れた衝撃で足を怪我したらしく、左足の膝から出血をしていた。流れ出た鮮血が、脛や足首に伝う。

仕方のないこととはいえ、その傷を負わせてしまったのが私だという事実が心に突き刺さる。けど、今は気にしている場合じゃない。怪我については、終わった後にしっかりと謝ろう。

そう、思い直した時。

「うぅ――ッ!!」

「――!?」

歯を食いしばり、喉奥から獣のような唸り声を上げたキアナさんが飛び掛かり、両手で私の喉を絞め上げた。彼女の瞳を見ると、先ほどまでの虚ろなものではなく、興奮したように血走っている。

このままでは……。慌てて彼女の腕を振り解こうと掴む。けれど、その細身からは信じられないほどの膂力で掴まれていて、引き剥がすことができない。この異常な力も、彼女に霊が取り憑いているから発揮されているのか……とにかく、万事休すな状況に変わりはない。

どうする、どうする。苦しみの中で浮かんだのは、相棒である魔鍵の存在。人の力だけではどうにもできないのなら、魔鍵の力を――。そう考えたけれど、私はすぐに否定した。駄目。この世界にいる以上、キアナさんに魔法が通じることはない。それに、使うことができてもロートが傍にいないのなら、私も余波に巻き込まれることになる。それ以前に、キアナさんの命が……。

段々と意識が遠くなる。こんなところで……そんな悔しい気持ちと共に、限界を迎えそうになった――その時だった。

「――ッ！」

パンッ！　と、何かが弾ける音が響き渡り、直後、私の首を絞め上げていたキアナさんの腕が弾かれた。解放された私は後ろに下がって彼女から距離を取りつつ、何度も荒い呼吸を繰り返す。そして、掴まれていた喉を押さえながら、キアナさんの様子を見た。

今の衝撃のせいか、彼女は両手に力が入らないらしく、だらりと脱力した状態で下げている。よく見れば微細に痙攣していて、動かすこともままならないらしい。

一体、今の音と衝撃は何だったんだろう。私は何もしていないし、まさか、キアナさんの意識が戻ったわけでは……。

――サポートは一度しかできませんので。

そこで、私の無茶ぶりを聞いてくれた執事の言葉が脳裏に浮かぶ。そっか、ロートが言っていたサポートというのは……。気づくと同時に、胸が熱くなった。

私以上に大変な役目を担っているのに、命を懸けて戦っているのに、貴方はいつも私のことを第一に考えてくれている。色々なことを先読みし、私が無事でいられるように、最善を尽くしてくれる。その心遣いに、嬉しさがこみ上げてくる。

ありがとうございます、ロート。

心の中で私の執事様にお礼を言い、

「――墜星神鍵」

右手に、金色に輝く魔鍵を召喚した。

最高位の位階を持ち、私を魔法士の『王』たらしめる最大の要因。私の相棒であると同時に、ロートから贈られた大切な宝物。

召喚に応じてくれた魔鍵を右手に持ち、私はそのまま、正面からキアナさんを抱きしめた。

「キアナさん……」

彼女は私の腕を振り解こうと身体を捻るが、全く力が入っておらず、非力な私でも簡単に押さえ込めてしまう。これなら、私の作戦を実行することができる。

真正面からキアナさんの瞳を覗き込んだ。

以前、ロートから教わったことがある。魔法の精度や力は、魔法士の精神に大きく左右されるものであると。たとえ強力な魔法を発動したとしても、術者の精神が大きく乱れていれば、本来の力には遠く及ばない力しか発揮されない。

きっと、キアナさんが神父の霊に取り憑かれてしまったのは、それと同じこと。自分の父親のことをしっかりと受け止め切れていないから、父親が遺した魔鍵の加護を無意識の内に拒絶しているから、護る力が十分に発揮されなかったんだ。

受け入れたくない気持ちは、とても理解できる。私も酷い父親を持つ身として、拒絶したい気持ちがあるから。十六歳の未熟な女の子に受け入れろというほうが、酷なことだ。

でも、知らなくてはいけない。彼女の父親は、娘に対して深い愛情を持っていたことを。自分の身を、人生を、全てを犠牲にしてでも護りたい気持ちを持っていたことを。

大丈夫。伝えれば、きっと理解してくれる。

そう信じ、私は今一度隧星神鍵に力を込めて握り――キアナさんの額に、自分のそれをコツンと当てた。

◇

普通の父親って、どんなものなんだろう。

物心つく頃から、それがずっと疑問だった。母に聞いても曖昧な答えしか返って来ず、絵本で読んだものは全て創作だからと、参考にならなかった。

少し大きくなってから仲良くなった同年代の友達が言うには、普段は仕事でいないけれど、休日になったら沢山遊んでくれる。近くで見る背中はとても大きくて、悪戯をすると母よりも怖く、それでいて優しい人。誰に聞いても似たような答えが返ってきたので、段々とそれが普通の父親なんだと理解していった。

同時に、自分の父親は普通ではないということも。

平日どころか休日も家におらず、偶に帰ってきては母にお金を渡し、辛そうな顔で謝り、またすぐに出ていく。遊んでくれたことなんて一度たりともありはしなくて、大きな背中を近くで見たことがなくて、優しさなんて欠片もない。キアナという自分の名前を呼んだこともないし、私を見る目はいつも冷酷で鋭い、睨みつけるような目だった。

嗚呼、きっと父は自分のことが嫌いなんだ。

幼い子供の心は単純で、父が私を嫌いなんだと理解してから、自分も父が大嫌いになった。未熟な子供には大人が何を意図して行動しているかがわからないものだし、これに関しては仕方ないと思う。あの冷たい目は、いつまで経っても忘れられないし……十六歳になった今でも、あの人を父親と認めることはできていない。子供の頃のトラウマは、簡単には消えないものだから。

そんな事情もあって……今日、納骨堂で日記を見つけた時はとても驚いたし、動揺した。自分のことを嫌いだと思っていた父が、本当は自分のことを愛していたなんて、とても信じられるものじゃない。

でも、もしかしたら。心の奥底では、本当に父は私のことを愛していたんじゃないかという期待もあるわけで――。

【そんなわけないでしょう】

混濁した意識の中、何処かから声が聞こえた。私の小さな期待を否定するその声は、毎日飽きるほどに聞いている、自分自身の声。

わかってる。淡い幻想を抱いたところで、現実は何も変わらないことは。父はもういなくて、事実を確かめる術はなくて……私に向けられた冷たい目は変わらない。

そうだ。あんな目をする人が、私を愛していたわけがない。優しい、自分を愛している父は全て幻想に過ぎない。あの日記の内容だって、全部嘘に決まっている。

負の感情、考えが思考を支配していく。生温い泥の中に身体を浸している気分だ。きっとこのまま、気持ちの悪い感情の沼に私は飲み込まれていく。いっそ、そうなったほうが楽なんだ。外の世界で何が起きているのかはわからないけれど、もう、何も考えたくない。いつまでも父の柵に捕らわれている自分が嫌になる。このまま、薄れゆく意識に身を委ねれば、何も考えなくて済む。

【そう。辛い現実からは目を背けて、眠るのが正解だよ】

暗闇が支配する世界で目を開くと、正面には自分がいた。いつも、修道院の仲間たちに向ける、優しそうな微笑みを浮かべる自分が。偽っていたわけではないけれど、無理をしていた自覚はある。そうだ。眠れば全部忘れられて、苦しまなくて良くて、良いことだらけじゃないか。この欲求に従えば……全て楽になる。

再び目を閉じた私は、心の内側が負の感情で支配されていくのを感じながらも、それに抗うことなく身を委ねる。

でも、一つだけ、心残りがあるとするならば——一度でいいから、父から愛されたかった。

嘘偽りのない本心が胸の内から零れ落ちたけれど、それはもう、どうにもならない願望で——。

『キアナさん』

不意に響いた優しい声に、私は顔を上げた。

この声は、皇女様のもの。なんで？　どうして？　ここは私の精神世界であり、第三者が侵入することは不可能なはず。

驚きと困惑が脳内に渦巻く中、皇女様の声が暗闇に反響する。

『人を信じるのは、とても難しいことです。特に、自分に冷たく接したり、酷いことをした肉親は。私も同じでした』

少しの間が空き、言葉が続いた。

『私を不出来で無能、一族の恥晒しであると罵った父のことは、この歳になった今でも大嫌いです。それは愛を形にも言葉にも示してもらっていないからなのですが……それでも、心の底から大嫌いでも、時折父親として愛してほしかったと思う時があります』

私は昨日、オルゴールの音色を聴きながら皇女様と話したことを思いだした。

確かに、あの時彼女は自分の父である皇帝陛下と上手くいっていないことを話していた。私と同じ、肉親との関係に軋轢を持つ人で、身分や立場は違えども、親近感が湧いたことを覚えている。

私と、同じ境遇の――。

『貴女は、私とは違います』

否定の言葉に息を呑んだ。

『正確には、貴女の父親は。見かけ上は嫌っているように見せていても、その本心ではキアナさんのことを、父親として愛していました。その証拠に、これ以上ないほどわかりやすく、愛を形として残しています。だからどうか、父の愛を受け入れてください』

皇女様の想いに、私は反射的に反発した。

そんなわけがない。父が私を愛していた証拠なんて、何も残ってない。あの日記がそうだというのであれば、信じられる要因にはならない。本心はどうであれ、紙には嘘を記すことができるのだ。他に残されているものと言えば、悲惨とも言える過去の記憶だけ。それ以外のものなんて、私の下には何も――。

(あ――)

思考を放棄しかけた時、気が付いた。

朦朧とした意識の中ではあったけれど、確かに、この目で見たことを覚えている。父が私に遺した、唯一の、形あるものが――。

『貴女はずっと、父親が遺した愛の形に護られていたんです』

そんな、まさか――。

拒絶、否定、そんな気持ちは瞬く間に薄れていく。頑なに受け入れなかった、信じなかった父の愛を、今なら簡単に受け入れることができる。

嗚呼、そうだったんだ。父は——お父さんは、ずっと、私の傍に——。

何もない暗闇の世界に、大きな亀裂が入る。瞳から涙が零れ落ちるのを実感しながら、
亀裂から差し込む白い光を見つめ続ける。

その光は徐々に大きくなっていき、私の視界だけではなく、意識も、暖かさと共に包み込んでいく。

『貴女が持つ魔鍵——聖封解鍵は』

白んでいく視界の中、皇女様のその言葉を、私は確かに聞き届けた。

『先代契約者が最も愛していた者に受け継がれる、愛情の魔鍵でもあるのですから』

◇

「な、ぜだ……」

余裕が崩れ落ち、驚愕と焦りに変わった神父の声が聞こえてくる。

あの不敵な笑みは一体何処に行ったのか、視界の端に映る神父の表情はとても苦々しいものへと変化している。いい気味だ。お前のそういう表情が、俺の活力になる。もっと苦しい姿を見せてほしい。

ニヤリと口を歪めた俺は、頬にできた傷口から流れる血を乱暴に拭った。

「当初は厳しい戦闘になると思っていたが……やってみると、中々に良いハンデになったかもな。丁度、緊張感のある戦いで楽しめたぞ」

「ぐ……何故、何故倒れないんだッ!!」

神父の強い苛立ちが含まれた絶叫と同時に、俺の近くにいた七体の霊がそれぞれタイミングをずらして武具を振るい迫ってくる。が、それらが俺の命を刈り取ることはない。武具が俺に直撃する直前、最も力が乗ったタイミングで反射障壁を展開し、振るわれた武具諸共身体を破壊し、霊体をマナの残滓へと変えていく。また、俺と戦わずに背後へ進もうとする個体に対しては、様々な射出魔法を用いて消滅させる。

思った通り、あの神父は魔鍵の能力に頼りきった戦いをするので、生み出した死者の軍勢の指揮を執ることができていないのだ。どれだけ時間が経過しても攻撃は一つのパターンしかないので、数十秒もあれば簡単に対応できる。これが有能な指揮官であれば、もっと苦戦を強いられていただろう。流石に数の暴力もあり、俺も無傷とはいかなかったが……それでも、致命傷になるようなものは貰っていない。せいぜい、掠り傷程度だ。

「言ったろ。格の違いを教えてやるって」

「……ッ、忌々しいやつだ」

親指の爪を噛み、苦々し気に言う神父。どうも見ていると、感情が乱れた時、爪を噛む癖があるらしい。神父という悩める子羊を導く役を名乗っているわりには、高潔な精神や寛大な心は持ち合わせていないようだな。すぐに癇癪を起こす、子供じみた男だ――と。

「！　成功か」

唐突に身体に生まれた感覚に、俺は守護盾鍵に視線を落とす。今、マナがしっかりと身体に満ちる感覚を抱いた。試しに掌に水晶の欠片を生み出すと、一秒を経過しても空間に残ったまま。これはきっと、他の魔法を使っても同じだろう。

どうやら、クレル様はしっかりと役目を果たしたらしい。キアナを神父の魔の手から解放し、俺たちにかけられた魔法の制限を解除した。本当に、時々凄い活躍をする人だ。合流したら、愛していると沢山言ってあげよう。

となれば、俺はこれ以上神父の相手をする義理はない。早く、我が主と合流するとしよう。

「生命認壁」

俺は淡い赤色をしたドーム状の障壁を展開し、その内側へと足を踏み入れた。大規模な魔法の展開、それから、一秒を経過しても消滅しないことに、神父は驚愕しながら障壁を見上げる。

「！　ま、魔法が……」

「残念だが、時間切れだ。俺は主人の下へ行く。これ以上やってもお前に勝ち目はないが……来るなら来い。俺なんかよりも遥かに強い、世界最強のお姫様が相手をしてやる」

　そう言い残し、俺はその場を去った。

　生命認壁は、命のある生命体以外の侵入を拒む障壁。奴が従えている霊は通過することはできないが、一度中に入ってしまえば再び霊を生み出すことができる。十全な状態になった俺たちと戦うか、あるいは退くか、それは本人の判断に委ねるとしよう。無論、全てが終わればしっかりと罪を償ってもらうが。

　足に負った切り傷の痛みを無視し、俺は全力でクレル様がいるであろう大樹に向かって駆ける。時間にして、十数秒。無事、天使像の近くで座りこんでいるクレル様と、彼女に凭れ掛かっているキアナを発見した。二人に近付き、声をかける。

「お見事です、クレル様。お怪我がないようで何より」

「ロートが魔法を使ってくれたおかげですよ。逆に、貴方のほうは結構怪我をしましたね」

「流石に、数が数ですので。ただ、久しぶりにスリルのある戦いができて、楽しくもありました」

「戦闘狂みたいですね」

「昔はそれに近い存在でしたので。丸くなったのは、クレル様のおかげですね。恋をすると人は大きく変わるものですから」

つまり、俺はクレル様に変えられてしまったというわけである。これはもう是非とも責任を取ってもらうしかない。お互いに満足する人生を約束するから。

話しながら、クレル様に傷がないことを確認して安堵し、次いで彼女の胸元で目を閉じているキアナに視線を移した。

「彼女は？」

「眠っているだけです。身体から霊が消えたのは確認しましたし、すぐに目を覚ますと――あ」

丁度そのタイミングで、キアナが目を開いた。零れ落ちた涙が頬を伝うのが見える。虚ろだった瞳には光が宿っており、なるほど確かに、正気に戻っていることが窺えた。

「……皇女、様」

半分だけ開いた目でクレル様を見上げたキアナは次いで、胸に抱いていた聖封解鍵を見やり、問うた。

「父は……何も知らずに、嫌っていた私を、許して、くれるでしょうか？」

「……大丈夫です」

　不安が表情に出ているキアナの髪を撫で、クレル様はとても優しい声で言った。

「自分の気持ちに素直になって、感謝の気持ちを持っていれば……きっと、お父様は許してくれます。自分の全てを犠牲にして護るほど、貴女を愛していたのですから」

「……っ」

　それを聞いた途端、キアナは瞳から大粒の涙を流し、声を上げて泣いた。聖封解鍵を抱きしめ、何度も『ごめんなさい』を繰り返して。

　何も知らなかったとはいえ、自分のために命を賭した父を疑い、嫌っていたのだ。全てを知った今、彼女が胸に抱く罪悪感は計り知れない。既に故人であり、謝ることができないのが、更に心を締め付ける。

　だが、大事なのはこれからだ。これまでの気持ちを入れ替え、立派な父に感謝し、素直な気持ちを持てば……きっと、天国にいる彼女の父は許してくれる。そもそも、怒っていないと思うけれど——そこで、叫び声が聞こえた。

「諦められるか——ッ!!!」

　感動的な雰囲気を台無しにする声の発生源へ、俺とクレル様は目を向ける。視線の先に居たのは、顔面蒼白で荒い息を吐いている神父。そして——その背後を浮遊している、巨大な鎌を持った巨人の死神。濃密なマナを纏い、手にした鎌の先端を引き摺りながら、先を歩く神父に追従している。

神父が手にする従僕死鍵(ネメシス)からは過剰(かじょう)なほどのマナが放出されており、それは全て背後の死神へと供給されている。奴の顔色が最悪なのは、マナを過剰放出することによる体力の消耗(しょうもう)が原因だろう。自分の身体に異変が出る基準もわからないとは、つくづく未熟としか言えない。あれでは、三流とすら呼べないな。

どのみち、あの死神が奴の切り札。選択(せんたく)を委ねた結果、神父は戦うことを選んだらしい。諦めればいいものを……面倒臭(めんどうくさ)い。一か八かの運に賭(か)けるなど、かしこい選択とは言えないんだが。

鬱陶(うっとう)しさに肩(かた)を落とすと、神父は従僕死鍵(ネメシス)を振り回し、怒声(どせい)を上げた。

「こ、こまで辿り着くのに……一体、どれだけの時間がかかっているとッ!?　私は失望させる、わけにはいかないッ！　全て貴様らのせいだ――ッ!!　ここに貴様らが来たせいで、私の全てが台無しに――ッ!!!」

「「はぁ……」」

意図したわけではなく、俺とクレル様は同時に深い溜(た)め息(いき)を吐(つ)いた。

これ以上敗者の戯言(たわごと)を、負け犬の遠吠(とおぼ)えを聞くのはしんどい。聞くに堪(た)えない不快な音を聞かされるこっちの身にもなってほしいものだ。色々なことが起き、俺たちは結構疲(つか)れている。今すぐにベッドへ飛び込んで泥のように眠りたいところ、中年の絶叫とか……拷問でしかない。

しかも、俺たちが悪いみたいな言いかたをしやがって。悪事を働いている馬鹿を止めるのは当然のことだろう。心底不快な奴だ。見ているだけで気分が悪くなる。

苛つきながら両腕を組んだ俺は、クレル様に苦笑しながら言う。

「キアナに出してもらおうと思っていましたが……結局、最初にお話しした脱出方法になりますね」

「いつもなら嘆くところですけど、今回ばかりは嬉しいですね。あの神父に、私もイライラしているので」

「なら良かった」

クレル様が乗り気ならば、俺は何も言うことはない。彼女が元の世界への脱出を――この世界を破壊する際の衝撃から全員を護ることに徹しよう。

俺の隣に立ったクレル様と一度顔を合わせた後、俺たちはこちらに迫る神父と死神に再び視線を戻す。

そして、

「守護盾鍵――虹壁」

「墜星神鍵（アケルナル）――流星（ビバーラ）」

二人揃（そろ）って、魔法（まほう）を唱えた。

先に現れたのは、俺が発動した魔法。天使像を頂点とし、三角錐（さんかくすい）の形状をした虹色（にじいろ）の輝きを放つ小さな障壁が展開される。虹壁（シェールン）は以前、クレル様の魔法から皇都を護るために発動した虹光王盾（シェルファー）と同じ効力――魔法によって引き起こされた事象を防ぐ、というもの。違（ちが）うのは、大規模ではなく小規模な範囲（はんい）を護ることに特化しており、自在に形状を変化させられるという点。今回は世界の破壊を目的としているので、俺たちと封印（ふういん）された魔鍵さえ護ることができれば、それでいい。

「なんだ、また防いで――え？」

言いかけた神父は頭上から聞こえた音に空を見上げ、呆然（ぼうぜん）とした声を発した。

天に展開された魔法陣（まほうじん）から地上に向かって放たれたのは、全てを塵（ちり）と化す破壊の化身（けしん）。

真っ赤な炎（ほのお）を纏う、大質量の隕石（いんせき）。クレル様が持つ、最強の矛（ほこ）。

最初から、無謀だったとしか言えない。どれだけ綿密に作戦を練ったとしても、強力な霊を従える魔鍵を手に入れても、強大な魔法が眠る魔鍵を奪（うば）ったとしても……空気を裂（さ）き、衝撃を発生させ、世界すらも壊（こわ）すこの魔法の前では意味をなさない。死神？　そんなもの、いてもいなくても同じだ。

全部、消えるのだから。

「自分の行いを悔いるんだな。三流ですらない小物が『王』に喧嘩を売ったことを」

「貴方の顔は、もう見たくありません」

「これが――」

限界まで目を見開いて隕石を凝視していた神父は最後に何かを口にしたが、その瞬間に隕石が死神に衝突。それが一瞬でマナの残滓になり掻き消えた直後、隕石は星の誕生を思わせる爆発を起こし――視界を、世界を、白い光で染め上げた。

◇

次に目を開くと、そこは納骨堂の中だった。

灰色の世界ではなく、全てのものに色があり、時間がある、元の世界。燭台に灯った炎が揺れているのが、何だかとても懐かしく感じる。物が動くのは、当然のことなのに。

無事に元の世界に戻ってくることができたことに安堵し、次いで、俺は部屋の奥にあった青銅色の扉に目を向けた。俺たちを灰色の世界に飲み込んだそれは固く閉じられており、開く様子は微塵も見られない。ただ、封印は神父に解かれたままの状態なので、キアナが目覚めた後、再び封印する必要がある。魔鍵の扱いに慣れていない彼女一人では不安だろうから、その時は付き添うことにしよう。

願わくば、二度と封印が解かれ、魔鍵が狙われることがありませんように。

「んぅ……」

微かな呻き声が聞こえ、そこを見ると、クレル様が目を覚まして身体を起こした。寝起きのように目を擦り、ここは何処だろう、と周囲を見回す。

足以外の部分は大丈夫そうだな。と、主人の無事に胸を撫で下ろし彼女の傍に膝を折った。

「おはようございます、クレル様」

「ロート……ここは？」

「納骨堂の中です。元の世界に、戻ってきましたよ」

「あ……良かった」

俺と同じようにホッと息をつき、クレル様は安堵の表情を浮かべ、隣で目を閉じ眠っているキアナを見た。泣き疲れたのか、彼女は聖封解鍵を胸に抱いたまま起きる気配がない。

とても安らかな表情で、子供の寝顔を見ているようだ。

「夢でも見ているみたいですね」

「ええ。それも、いい夢だと思います」

頷き、俺は眠るキアナを横抱きに抱き上げた。彼女にとっては、怒涛の三日間だったに違いない。今は、しっかりとした休息が必要だ。こんな硬い地面ではなく、柔らかなベッドの上での、睡眠が。

これ以上、ここに留まる理由はない。早く修道院に戻り、俺たちも身体を休めましょう。そうクレル様に言うと、彼女は『そういえば』と、何かを思い出したように問うた。

「あの神父は、何処に行ったのですか？　ま、まさか私、流星で潰してしまったんじゃ……」

「そんなわけがないでしょう。あそこです」

クレル様の不安を否定し、俺は部屋の入口付近の壁に向かって顎をしゃくった。そこには、白目を剥き失神している神父が転がっている。後頭部だけを壁に預け、口からはブクブクと泡を吹いている。この世界に戻ったら一度本気で殴ってやろうと思ったのだが、これでは意識を取り戻すのは当分先。態々目を覚ますのを待って殴るような趣味はないし、意識が戻るころには自警団に引き渡した後だ。

「クレル様に殺しをさせるわけにはいきませんからね。隕石が死神を消滅させた後、虹壁であいつを護りました」

「よく間に合いましたね……」

「俺だから間に合った、としか言えませんが。とはいえ、あまりの衝撃でこのザマですよ」

自分が如何に愚かなことをしたのか、存分に思い知ったことだろう。『王』に楯突くというのは、こういうことだ。命を取られなかっただけ、かなりマシ。檻の中で命があることに感謝するんだな。まぁ、相当厳しい尋問が待っているので、感謝する余裕もないとは思うけれど。

流石に泡を吹いた神父に触れるのは嫌なので、部屋の中にあった縄を魔法で足に括りつける。このまま引き摺って、修道院に戻るとしよう。

部屋を後にした俺たちは通路を進み、礼拝堂に繋がる入口を目指す。途中でクレル様の車椅子を回収し、キアナを部屋に送り、神父を自警団に引き渡し、クレル様の足を入念にマッサージ……あぁ、やることが沢山だ。俺が休めるのは、まだかなり先になるだろう。事後処理は俺にしかできないことなので、仕方ないが……それでもやはり、少し憂鬱になる。

誰にも聞かれないほどの小さな溜め息を吐いた俺は、その憂鬱さを誤魔化すため、俺の肩を借りて歩くクレル様に尋ねた。

「ところで、クレル様。どうやってキアナを霊から解放したのですか？」

「え？　それは……」

少し考え、クレル様は口元に笑みを浮かべながら、こう答えた。

「私はただ、事実を伝えただけですよ。あの手紙に書かれていた、真実を」

「……内容は気になりますが、聞かないでおきましょう」

「ん？　いいのですか？」

「ええ。最初に読んだクレル様は仕方ないとして、後から第三者が知るわけにはいかない。今、手紙の内容を知る権利があるのは……遺した本人が愛したキアナだけですから」

家族の領域と呼べる場所に、俺が踏み込むわけにはいかない。全員が無事で、魔鍵を奪われることもなかった。この結果だけで、十分だ。

「……」

俺の対応にクレル様は終始意外そうな目を向けていたが、やがて『わかりました』と納得した表情で、俺の肩に頭を預けた。

その後の顛末について語るとしよう。

様々な罪で自警団に拘束された神父は、獄中で怪死した。初めから自決するつもりだったのかはわからないが、現場に駆け付けた団員に話を聞いたところ、尋問を行っている最中に突然訳のわからないことを言いながら錯乱し、出血するほど全身を掻き毟った後、心臓から数本の短剣が飛び出して絶命したという。死の間際、神父は腕に彫られたタトゥーを見て何かを言っていたというが、真偽は不明。確かめようにも当人は既に死んでしまっているため、どうすることもできない。ただ、灰色の世界で奴は『あの方』という単語を発していたので、何らかの人物が関与していることは間違いないだろう。絶望して自死したという可能性も、否定はできないが。

どちらにせよ、こちらとしては手痛い損失だ。共犯者の有無や、裏で支援している可能性のある組織など、今後に繋がる情報を引き出したかったのだが……何を言っても変わらない。これまで通り、こちらはあらゆる危険性を考慮した対策をするしかないだろう。手

間ではあるが、安全には代えられない。

かくして、修道院の怪奇現象事件は首謀者死亡という、何とも後味の悪い幕引きとなった。無辜な修道女を危険に晒しただけでなく、皇族であるクレル様に対して脅迫まで行った男をみすみす死なせた自警団を問い詰めたい気持ちがあったが、報告に来た責任者はクレル様に土下座して本気の命乞いをしていたので、それ以上責める気にならなかった。いや、俺はあったけれど、クレル様が全力で引き留めてきたのだ。主人の命令に従うのは当然のこと。自警団員たちは命拾いしたな。

しこりの残る終わり方ではあったが、一先ずこれで一安心。後は屋敷に帰るだけ。そう思っていたのだ——残念なことにもう一つだけ、俺の心を揺るがす一大事が残っていた……。

◇

「では、キアナさん。お元気で」

三日後の午前十時。修道院の正門にて。

駅に向かう馬車に乗り込む前、クレル様は見送りに来たキアナに言葉をかけ、右手を差し出し握手を求めた。キアナは口元に笑みを浮かべてそれを握り返し、頷いた後に言葉を返した。

「皇女様も、お元気で」

「クレル様の傍には常に俺がいるから、滅多なことがない限り大丈夫だ」

「それはわかっていますけど、逆にロート様が少しでも目を離すと色々大変なことになりそうなので……」

苦笑いし、キアナは乾いた笑みを作った。

この三日間で、彼女は色々と見ることになったからな。主に、クレル様がポンコツと呼ばれる所以と、彼女には俺が傍にいなければならない理由を。短時間であればある程度隠すことができるものの、流石に三日間隠すことはできなかった。事件の事後処理のため、キアナは一緒にいることが多かったし……ポンコツが露呈するのは避けられないことであった。別にバレたところで問題はないのだが、クレル様は隠し通したかったらしい。俺の主が無謀過ぎるんだが？

キアナの心配に、クレル様は虚勢を張って見せる。

「だ、大丈夫です！　屋敷ではそれなりにちゃんとしてますから」

「嘘言わないでくださいよ。屋敷だと十秒に一回くらい何かしらやらかすでしょ」

「それこそ嘘ですよ！　せいぜい十分に一回くらいです！」

「それでも一日で百四十四回のポンコツをやらかす計算です」

弁明になってないし、その反論だと自分で嘘だと言っているようなものだぞ。もう少し賢くなりましょうね？　可愛いからいいんだけどさ。

これ以上の応酬は無用だな。

俺はグルグルと唸るクレル様の髪を撫でて宥め、最大の心配事をキアナに伝えた。

「キアナ。全録記鍵の封印についてだが……今後、あの神父のように狙ってくる者が現れる可能性はゼロじゃない。大丈夫か？」

最大の懸念はそれだ。全ての魔法を記録しているという魔鍵。その利用価値は計り知れず、奪おうとしてくる者は幾らでも出てくる。せめて、そういった連中についての情報を神父から引き出せればよかったんだが……自警団の奴らめ。雑な仕事をしやがって。

失態を報告しに来た時の自警団員を思い返していると、キアナは『大丈夫です』と自信を見せる声音で言った。

「ロート様にお手伝いしてもらいましたけど、しっかりと扉の封印はできましたから。それに、ロート様の魔法で封印の扉に続く道も塞いでもらいましたし」

「あぁ。しかも、隙間なんて微塵もないほどにな」

キアナの聖封解鍵の封印と、俺の守護盾鍵による封鎖。正直、あれを破れる者はそうそういないと思うので、大丈夫だとは思うが……一抹の不安は残る。ただ、そこは信じるしかない。やれることは、全てやったのだから。

「そろそろ、時間だな」

左腕に装着した時計を確認した俺は、クレル様に馬車へ乗るよう促し、キアナに最後の言葉をかける。

「では、これで依頼は完遂とさせてもらう。今後の幸運を祈っているのと……父親への感謝を忘れずにな」

「はい！　本当に……ありがとうございました」

俺と握手を交わした後、キアナは今一度、クレル様に握手を求めて手を差し出した。クレル様は特に何も思うふうでもなく、その求めに応じようとする。

が、俺は違った。キアナの表情から並々ならぬ想いを感じとった。これは……恋の予感ッ!!

その直感は正しかったようで、クレル様が差し出された手を握った途端、キアナはその手をぐいっと自分のほうへと引き寄せ、微かに頬を赤らめた顔を、クレル様の口元に近付ける。

させるわけねぇだろぉぉぉぉぉぉぉッ!!!

心の中で絶叫した俺は光を思わせる速さでキアナの口に自分の手を当て、反対の手でクレル様の肩を抱いて二人を引き剥がす。何が起きたのかわかっていない様子のクレル様を護るために間へ割って入り、キアナを鋭い目で睨みつけた。

「てめぇ……どういうつもりだ？」

「……」

キアナの口から手を離すと、彼女はコホン、と一度小さな咳払いをした後——完全に恋する乙女の表情をしながら言った。

「その……あの灰色の世界で皇女様に言われた通り、自分の気持ちに素直になろうと思いまして」

「ほぉ……修道女は恋愛禁止じゃなかったか？」

「禁止されているのは異性との交際で、婚前姦通が神の怒りを買うとされています。けど、教典では同性同士の交際は禁じられていないので……女の子同士なら、問題ないんじゃないかなって」

「いや、問題大アリで——ちょ、ロート!!?」

動揺して緊張するクレル様を無視し、俺は彼女の身体を抱きしめた。恋愛禁止でも同性だったら関係ないよね、だと？　この女、ふざけているのか？　クレル様は全てを失った俺の心に光を齎してくれた存在であり、俺が世界で最も愛するただ一人の女性。そんな彼女を俺から奪うなど、神が許すはずがない。仮に許したとしても俺が許さん。俺の心の日照権を侵害するとは何たることか。

大きな恩を仇で返すとは……許せん。

沸き上がる怒りに任せ、俺はキアナに大声で言い放った。

「ふざけるなッ！　クレル様の身体は俺のものだぞッ!!」

「なんでそんな変な言い方したんですかッ!!」

「大丈夫です、皇女様。女の子同士でも気持ちよくなれますから」

「そんなこと誰も聞いてないですよッ!?」

クレル様の絶叫が響き渡る中、俺とキアナは先ほどの握手は何だったのかというほど、バチバチと互いに殺気を放ちぶつけ合う。

結局、馬車に乗り込み駅に向かったのは、予定の時刻を大幅に過ぎた後となった。

◇

俺とクレル様が皇都に到着したのは、午後五時を過ぎた夕暮れ時だった。

予定通りの列車に乗ることができていればもっと早くに到着できたのだが、最後にキアナとひと悶着を起こしたせいでこんな時間になってしまった。しかし、後悔はしていない。思わぬところで出現した恋敵にはしっかりと牽制をしておくべきだし、何より乗り遅れたことによって、レベランでデート――もとい観光することができたから。屋敷で留守番をしているメイドたちにも土産を買うことができたので、これで文句を言われることもないだろう。

「すっごく疲れました……」

皇都から屋敷に帰る馬車の中で、クレル様は全身の力を抜いて大きな息を吐いた。長時間の移動に加えて、普段では考えられないほどに身体を動かしたのだから、それは仕方ない。本当に、クレル様はよく頑張ってくれた。

「お疲れ様です。屋敷にはもう少しでつきますからね。本当に、よく頑張りました」

「……疲れたのは主に、最後のロートとキアナさんの喧嘩が原因ですけど」

「クレル様。俺の恋路に口を挟むのでしたら、今日の夕飯はメイドたちに作らせますよ」

「何で私が悪いみたいになっているんですか⁉」

ジトっとした視線で見つめられ、俺はわざとらしく肩を竦めた。

「そう言わないでください。同じ人に恋をした者同士、これまで通り仲良くすることはできないのです」

「そこを穏便に済ませるのが紳士というものでしょう」

「紳士にも譲れないものがあります。そもそも争いの火種になっているのはクレル様なのですよ？　俺にばかり注意して、クレル様がキアナを恋に落としているではありませんか」

「それは……その、予想外というか」

わざとらしく目を逸らすクレル様は、困ったように笑う。

まぁ、こればかりは仕方ないか。同性のキアナが自分に恋をするとは思わないし、鈍感な彼女に察することは不可能。自分の危機に手を差し伸べ、神父の魔の手から助けてくれたことが、キアナの心を動かしたのだろう。

クレル様の魅力に気が付くのは素晴らしいことだが、恋は許さん。結ばれようなどと思うな。俺は絶対に渡さんぞ。

「つまるところ、争いを生み出しているクレル様が全て悪いということですね。ほら、俺に謝ってくださいよ」

「なんで私が謝らなくちゃいけないんですか!!」

「冗談でございます。とにかく、お疲れのようですから、今日は早めに休んでください。

俺もそれなりに疲れているので――屋敷の状態を確認したら寝ます」

「それ、物凄く時間がかかる作業じゃ……」

「クレル様の安全には代えられません」

俺の睡眠時間を削るくらいでクレル様の安全が確保できるのならば、喜んで差し出す。それだけ、貴女は俺にとって大切な存在なのだから――屋敷に到着し、馬車が止まった。

俺は先に車椅子を持って外へ降り、クレル様をそこへ座らせる。

「やっと帰ってきたって感じがしますね。もう、クタクタです」

「入浴の準備はできているはずですので、まずはそちらで身体を癒して――ッ」

門から屋敷の敷地内に足を踏み入れた瞬間――何処からともなく短剣が飛来し、俺は身体を捻りそれを掴み取る。瞬時にそれを投げ捨て魔鍵を召喚した俺は、クレル様の周囲に防御障壁を展開し、彼女を護るために前へと躍り出た。

どうも、不届き者がいるらしい。クレル様の住まいに侵入し、剰え牙を剥くとは、とんだ命知らずだ。お望み通り、二度と歩けない身体にしてやる。

マナと殺気を放射し、神経を尖らせ、次に来る攻撃に備える。が、次に鼓膜を揺らした声に、俺は臨戦態勢を解いて殺気を消した。

「ファラーラ！　ロート様です！」

「あぁ!?　マジか!!」

聞こえてきたのは、屋敷で留守番をしているメイドたちの声。

あいつら、何やってるんだ？　疑問と共にクレル様を覆っていた障壁を解くと、そのタイミングで正面扉が勢いよく開かれ、二人のメイドが飛び出してきた。長い金髪を持つ長身のリグレと、赤髪のポニーテールをしたファラーラ。彼女たちは周囲に視線を飛ばしながらこちらに駆け寄ってきた。

「悪い、侍従長。ちょっと神経尖らせててさ」

「申し訳ございません。お怪我はありませんでしたか？」

「謝罪は後でいい。それよりも、何があったんだ？」

当然ながら、普段は屋敷で殺気立つことなどない。来訪者にナイフを投擲することも、常に外を監視していることも。その辺りの教育はしっかりと施してあるので、彼女たちが失態を犯すことはないはずだ。

それでは何故、メイドたちが殺気立って警戒していたのか。

理由を問うと、二人は一度顔を見合わせ――怒りを滲ませた表情で、ファラーラが告げた。

「屋敷が――襲撃を受けた」

あとがき

Afterword

一年と一ヵ月振りになりますね、レプトセファルスです。

本作の内容に少しだけ触れることになりますが、最近の火星ではリンボーダンスをしながらトラベリングとオフサイドをするのが流行しているそうですね。私が最後に火星へ旅行したのは二千年ほど前なのですが、当時は伊達眼鏡と転売ヤーを融合召喚してオリジナルオーロラソースを作るのがトレンドになっていました。召喚した直後に裏側守備表示にしないと速攻で破壊されてしまうので注意が必要です。味は麻生と六本木を卜音記号で結んだような感じでした。美味しくはなかったと思います。

今になって考えてみれば、その時に出会った人々は全員ドロドロしていたので、もしかしたら彼らは人間ではなかったのかもしれません。いやまぁ、最近の私も肉体が液化してきているので、思い過ごしだとは思うのですが。ちょっと怖いですね。

話は変わりますが、最近の気温は甘いですね。木の枝に咲いているメカブやチーズバーガーを見ると、すっかり春の訪れを感じます。春といえば筋トレ。筋肉といえば火炎放射。

高速道路といえば金の鳩は呑気。

この常軌を逸したあとがきを読んだ物好きな方はTwitter（旧X）に取り組んだ筋トレのメニューを投稿しましょう。何処かの誰かが頑張ったねと言ってくれますよ。知らんけど。

最後に謝辞らしきものを。

ゆさの先生。お忙しい中、華麗で美麗で素敵なイラストをありがとうございました。どれも素晴らしく、見ているだけで涎が出てきます。

担当編集様。素晴らしいホームランでしたね。感動しました。

そしてこの本を手に取ってくださった全ての方々に、最上のお礼を申し上げます。

またご挨拶できることを、心より楽しみにしております。

HJ文庫 https://firecross.jp/
1148

第三皇女の万能執事2

怖がりで可愛い主のためにお化けだって退治します

2024年5月1日　初版発行

著者――安居院 晃

発行者―松下大介
発行所―株式会社ホビージャパン

〒151-0053
東京都渋谷区代々木2-15-8
電話　03(5304)7604（編集）
　　　03(5304)9112（営業）

印刷所――大日本印刷株式会社

装丁――AFTERGLOW／株式会社エストール

Printed in Japan

ISBN978-4-7986-3453-1　C0193

ファンレター、作品のご感想お待ちしております

〒151−0053　東京都渋谷区代々木2−15−8
(株)ホビージャパン HJ文庫編集部 気付
安居院晃 先生／ゆさの 先生

アンケートはWeb上にて受け付けております

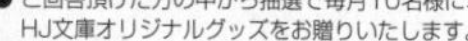

● 一部対応していない端末があります。
● サイトへのアクセスにかかる通信費はご負担ください。
● 中学生以下の方は、保護者の了承を得てからご回答ください。
● ご回答頂けた方の中から抽選で毎月10名様に、HJ文庫オリジナルグッズをお贈りいたします。

やがて黒幕へと至る最適解 1

著者／藤木わしろ
イラスト／ne-on

未来知識で最適解を導き、
少年は最強の黒幕へと至る!!

没落した公爵家当主アルテシアに絶対忠誠を誓う青年カルツ。彼はアルテシアの死を回避すべく、準備に十年の時を費やした後で過去世界へと回帰した。そうして10歳の孤児となったカルツは未来の知識を武器に優秀な者達を仲間に加え、アルテシアの幸福のために真の黒幕として暗躍を開始する！